CHRISTOPH WORTBERG

DER ERNST DES LEBENS MACHT AUCH KEINEN SPASS

Der Roman *Der Ernst des Lebens macht auch keinen Spaß* wurde für den Deutschen Jugendliteraturpreis nominiert.

CHRISTOPH WORTBERG

DER ERNST DES LEBENS MACHT AUCH KEINEN SPASS

Roman

GULLIVER

Ebenfalls lieferbar:
»Der Ernst des Lebens macht auch keinen Spaß« – im Unterricht
in der Reihe *Lesen – Verstehen – Lernen*
Bestellnr.: 44405
Kostenloser Download: www.beltz.de/lehrer

MIX
Papier aus verantwortungsvollen Quellen
FSC
www.fsc.org
FSC® C089473

Klimaneutral
Papier
ClimatePartner.com/13732-1910-1001

Dieses Buch ist erhältlich als:
ISBN 978-3-407-74659-7 Print
ISBN 978-3-407-74450-0 E-Book (EPUB)

in der Verlagsgruppe Beltz · Weinheim Basel
Werderstraße 10, 69469 Weinheim

Lektorat: Christian Walther
Neue Rechtschreibung
Einbandgestaltung: Cornelia Niere, München
Druck und Bindung: Beltz Grafische Betriebe, Bad Langensalza
Beltz Grafische Betriebe ist ein klimaneutrales Unternehmen
(ID 15985-2104-100).
Printed in Germany
6 7 8 25 24 23

Weitere Informationen zu unseren Autor:innen und Titeln
finden Sie unter: www.beltz.de

Für Ulrich,
dem ich mehr verdanke, als er weiß.

WAS IST EIN HELD?

Man sagt: Ein Held ist jemand, der bereit ist, das eigene Leben für andere in die Waagschale zu werfen. Der Menschen aus einem brennenden Haus rettet, auch wenn er dabei ums Leben kommt. Der einen Flugzeugentführer entwaffnet, auch wenn er dabei erschossen wird. Der das Leck eines sinkenden Schiffes schließt, auch wenn er dabei ertrinkt.

Man könnte sagen: Ein Held ist jemand, der Entscheidungen trifft, wenn er ihre Notwendigkeiten erkannt hat. Der die Folgen auf sich nimmt, egal, wie sie aussehen. Weil er nicht anders kann.

Vielleicht könnte man auch sagen: Ein Held ist jemand, der die Zweifel nicht leugnet, die verborgen liegen in allem, was wir tun. Der bereit ist, in den eigenen Abgrund zu schauen, ganz gleich, was er darin sehen wird. Der lacht, wenn es Zeit ist zu lachen, und weint, wenn es Zeit ist zu weinen. Und geht, wenn es Zeit ist zu gehen.

Mein Bruder Jakob sagte: Ich bin ich und die anderen sind die anderen. Er sagte: Ich habe nur dieses eine Leben. Dann ging er.

Mein Bruder war ein Held.

EINS

DRAUSSEN HINTER DEN BLITZBLANKEN SCHEIBEN DES schwarzen Volvos fliegt die Welt an uns vorbei. Meine schwitzenden Hände auf der Rückbank, wie festgeklebt auf dem dunklen Leder. Vor mir auf dem Beifahrersitz meine Mutter, die geschminkten Lippen zusammengepresst, über der Nasenwurzel eine senkrechte Falte. Daneben am Steuer mein Vater. Er sieht erschöpft aus. Zum ersten Mal, seit ich denken kann, hat er vergessen, sich zu rasieren. Kein Wunder. Wir fahren zum angekündigten Tod meines Bruders.

Auf dem Armaturenbrett liegt kein bisschen Staub. Mein Vater wischt es jeden Tag mit einem weichen Lappen ab, den er im Handschuhfach aufbewahrt. Samstags fährt er zur Tankstelle, klopft die Fußmatten aus, saugt den Innenraum sorgfältig durch. Er nennt das: die Dinge pflegen, um sie zu bewahren. Man könnte auch sagen: Er hasst jede Veränderung.

Südlich von Eschenlohe wechselt er von der Autobahn auf die Bundesstraße. Noch sechzehn Kilometer. Die Brücke über die Loisach, der Tunnel bei Farchant, die Ortseinfahrt nach Garmisch. Seit zwei Wochen dieselbe Strecke. Seit dem Tag, an dem der Unfall passiert ist. Beim Wechseln eines Ganges klemmt der Schalthebel.

»Die Kupplung«, sagt mein Vater.

»Bitte?«, fragt meine Mutter.

»Trennt nicht mehr richtig«, sagt mein Vater.

Mehr sagt er nicht.

Ein paar Minuten später taucht die Fassade des Klinikums vor uns auf. Mein Vater steuert den Volvo auf den Parkplatz. Ich warte darauf, dass er aussteigt, aber er rührt sich nicht. Auch meine Mutter macht keinerlei Anstalten, die Tür zu öffnen. Nie war das Schweigen zwischen meinen Eltern lauter. Gefangen in ihrer Sprachlosigkeit sitzen sie da und schauen hinaus auf den Parkplatz. Sie denken nicht an den Achtzehnjährigen mit den Schläuchen in der Nase, sie denken an das kleine Kind, das er mal war. Sie sehen ihn vor sich, wie er seine ersten Schritte macht, sie sehen das Glück in seinen Augen, als er zum ersten Mal ohne Stützräder Fahrrad fährt, sie sehen ihm beim Schreiben seiner ersten Buchstaben über die Schultern. Seine Tränen sehen sie nicht. Dass sie Überlebende sind, begreifen sie nicht. Sie würden ihr eigenes Leben für ihn geben, wenn sie könnten. Sie können es nicht. Der Tod lässt nicht mit sich handeln.

So wie sie dasitzen, eingeschlossen in ihre vorweggenommene Trauer, tun sie mir leid. Vielleicht tun sie sich selber leid, jeder für sich. Es gibt keine gemeinsame Trauer. Ein Vater verliert ein Kind anders als eine Mutter.

»Schon zehn nach«, sage ich. »Sie warten auf uns.«

Die Einsamkeit liegt über meinen Eltern wie Eis auf einem zugefrorenen See. Meine Worte erreichen sie nicht.

»Papa«, sage ich.

»Was?« Seine Stimme klingt rau, wie von weit her. Er will nicht zurück in die Wirklichkeit.

»Wir müssen!«

»Ja«, sagt er, seine linke Hand mit den sorgfältig geschnittenen Fingernägeln fährt unter den Rand seiner Brille. Mit Daumen und Zeigefinger reibt er sich über die geröteten Augen.

»Also dann«, sagt er und legt seine haarige Hand auf den Unterarm meiner Mutter. Er schaut sie an. Ihr Blick geht ins Nichts, ihre Finger krallen sich in den Türgriff.

Ich steige aus. Trotz der Sommerhitze ist mir kalt. Der Himmel über dem Zugspitzmassiv ist bleigrau. Tief fliegende Schwalben auf der Jagd nach Mücken. Es wird jeden Moment anfangen zu regnen.

Jakob war nicht bei Bewusstsein, als man ihn fand. Eine kleine Mulde unterhalb des Gipfels, östlich der Gletscherbahn. Brocken aus Wettersteinkalk, scharfkantig an den Bruchstellen. Dazwischen Moos, blassbraune Flechten. Bis auf ein paar Hautabschürfungen wurden keine äußeren Verletzungen festgestellt.

Der Einsatzleiter der Bergwacht sagte am Telefon, man habe ihn nur deshalb lebend geborgen, weil der Hubschrauber noch starten konnte. Kurz darauf habe das Wetter umgeschlagen, der aufziehende Nebel hätte den Flug unmöglich gemacht.

Das Gesicht meines Vaters war wie eingefroren als er auflegte, seine Schläfen pochten.

»Und?«, fragte meine Mutter und drehte ihren Ehering nervös zwischen den Fingern hin und her.

»Sie haben Fotos gemacht«, sagte mein Vater. »Von der Bergung. Ich habe darum gebeten, sie uns zuzuschicken. Damit wir uns ein Bild machen können.«

»Wovon denn ein Bild machen?«

»Er sagt, der Junge hat friedlich ausgesehen.«

»Friedlich?«, wiederholte meine Mutter wie ein Echo und fing an zu weinen.

»Ingrid«, sagte mein Vater.

Etwas anderes fiel ihm nicht ein.

Eine Krankenschwester führt uns über den Flur der Intensivstation. Drei Angehörige auf dem Weg zu einer Hinrichtung. Wir müssen keine sterile Kleidung anlegen, keine Kittel, keine Hauben, keine Plastiküberzieher für die Schuhe. Es lohnt sich nicht mehr. Ein Toter kann sich nicht mehr anstecken.

Man hält das nicht lange aus, dieses Hin- und Herpendeln zwischen Hoffnung und Verzweiflung, irgendwann sehnt man sich nur noch nach Klarheit. Die Ärzte verweisen auf die gesetzlichen Bestimmungen. Ihre Sätze sind voller Einschränkungen. Jede Prognose wird von einer Gegenprognose begleitet. Zu sagen, man dürfe die Hoffnung nicht aufgeben, ist leicht. In das Nichts hinter der Hoffnung zu starren, ist unerträglich.

Der Aufprall nach dem Sturz führte zu multiplen Knochenbrüchen. Schienbein rechts, Ellenbogen links. Frakturen mehrerer Rippen, von denen sich eine in seine Lunge gebohrt hat. Dazu eine Milzruptur. Sie sagen, er hätte all das überlebt, wäre da nicht dieser Stein gewesen in der Felsmulde unterhalb des Gipfels, auf den sein Kopf schlug, nachdem sein zerbrochener Körper endlich zum Stillstand gekommen war. Dabei sah es so harmlos aus. Eine leichte Rötung der Haut, direkt neben der Schläfe. Was man nicht sah: die kleine Einblutung im Kopf, die zu einem Hirnödem geführt hat. Um das anschwellende Gehirn zu entlasten, haben sie seinen Schädel aufgebohrt. Bei ihm hat es nicht funktioniert. Durch die Schwellung des Gehirns wurde der Blutfluss unterbrochen. Kein Blut, kein Leben. Sie nennen es Hirntod.

Die Schwester zieht den Vorhang vor der Intensivkoje zurück.

»Bitte«, sagt sie. Und dann: »Ich gebe dem Doktor Bescheid.«

Er liegt da wie ein König, das blasse Gesicht eingerahmt von der weißen Krankenhausbettwäsche, die knistert, wenn man mit den Fingern über sie streicht. Seine schwarzen Haare, auf denen immer ein kastanienfarbener Schimmer lag, wenn die Sonne auf sie fiel. Seine schwarzen Haare, auf die er immer so stolz war und die jetzt ungewaschen auf dem Kissen liegen, verklebt von seinem Schweiß, von seinem ausgeschwitzten Leben. Mein Bruder, mein wunderschöner, sterbender Bruder, den nichts auf dieser Welt retten kann. Gleich wird es für immer vorbei sein. Für ihn ist es schon längst vorbei. Sein Brustkorb hebt und senkt sich nur noch, weil eine Maschine Sauerstoff in seine Lungen pumpt, seit Tagen schon, die immer gleiche Menge in immer gleichen Abständen. Er wehrt sich nicht dagegen, weil er sich nicht mehr wehren kann. Er hat sich so lange gewehrt. Wir bilden uns ein, dass wir für ihn entscheiden. In Wahrheit hat er sich längst entschieden. Ich frage mich, ob man um die Toten weint oder um sich selbst.

Ich schaue aus dem Fenster. Wer leben will, ist zur Hoffnung verdammt. Meine Mutter hat die Hand meines Bruders genommen. Sie will ihn festhalten, aber das kann sie nicht. Er ist nicht mehr da. Wo er jetzt ist, weiß keiner von uns. Mein Vater starrt vor sich auf den Boden. Das graue Linoleum wird von feinen Linien durchzogen, Wellen in einem ruhig dahinfließenden Fluss. Dazu das Geräusch der Herz-Lungen-Maschine. Der schwarze Faltenbalg, der auseinandergezogen und wieder zusammengepresst wird, ein pumpendes Herz aus Kunststoff.

Der Arzt kommt dazu, murmelt eine Begrüßung, reicht meinen Eltern die Hand, nickt mir fahrig zu. Er sieht müde aus, auch für ihn ist die Situation nicht leicht, das merkt man ihm an. Dabei ist der Ablauf längst besprochen, gestern hat er uns die Details in einem langen Gespräch erklärt.

»Wenn Sie dann so weit sind«, sagt er. Mein Vater zuckt bei seinen Worten zusammen. Als ob man je so weit sein könnte. Zögernd legt er seine Hand auf die Schulter meiner Mutter. Hast du gehört, fragt seine Hand, aber meine Mutter reagiert nicht. Also schaut er mich an. Die Traurigkeit in seinem Blick überschwemmt mich. Er hat immer alles bestimmt. Er hatte nie Fragen, immer nur Antworten. Jetzt ist er hilflos wie ein kleines Kind. Sein erstgeborener Sohn. Dem alles gelang. Der alles erfüllte, was von ihm erwartet wurde. Die Schule mit links, im Sport ein Ass. Warum diese Strafe? Und wenn ihm schon ein Sohn genommen werden muss, warum dieser, warum nicht der andere?

»Wir sind so weit«, sage ich.

Der Arzt schaut fragend zu meinem Vater, dessen Blick

sich in dem grauen Fluss unter seinen Füßen verliert, dann zu meiner Mutter. Sie hält noch immer die Hand meines Bruders, aus der alles Blut gewichen ist unter dem Druck ihrer Finger.

»Es tut mir leid«, sagt der Arzt zu mir, »aber ohne die Zustimmung Ihrer Eltern …«

»Sie sehen doch, dass sie das nicht können«, unterbreche ich ihn.

Die Luft ist voller Schmerz und Verlorenheit. Die Krankenschwester wartet auf ein Signal, meine Eltern warten auf ein Wunder. Schließlich nickt der Arzt ihr zu, das Wunder bleibt aus. Die Schwester tritt an die Maschine. Der Druck ihres Fingers auf den Schalter. Ein letztes Mal hebt und senkt sich der schwarze Faltenbalg, dann bleibt er stehen, von einer Sekunde zur anderen, halb in sich zusammengezogen, als würde er nur eine kurze Pause machen. Aber die Pause bleibt Pause, der Brustkorb meines Bruders rührt sich nicht mehr. Langsam, wie in Zeitlupe, schwindet alles Lebendige aus seinem Körper. Auf seinen Armen und an seinem Hals breiten sich rote Flecken aus. In seinem ausdruckslosen Gesicht ist nichts mehr zu lesen von dem, was er einmal war. Seine Stirn ist wie der Bug eines Schiffes, das einen dunklen Fluss zerteilt, auf dem Weg in ein fernes Reich. Es gibt keinen Wind dort und keinen Regen, nur ein großes, allumfassendes Nichts.

Mein Vater hebt den Kopf, starrt auf seinen toten Sohn, überrascht und ohne jedes Begreifen. Dann blitzt Wut auf in seinen Augen. Ein kurzes Aufglimmen, das sofort wieder verlöscht. Ich weiß, was er jetzt denkt. Meine Mutter denkt nichts. Sie treibt weinend dahin. Ihr Schmerz ist so groß, dass sie ihn nicht spürt. Ihre Tränen tropfen auf die leblose Hand zwischen ihren Fingern.

»Was machen Sie jetzt mit ihm?«, fragt mein Vater.

»Es ist alles geregelt«, sagt der Arzt. »Sie müssen sich um nichts kümmern.«

Dabei will mein Vater doch nur genau das: die Dinge regeln. Sich kümmern.

ZWEI

DER REGEN PRASSELT AUF DAS GLASDACH DES WINTER-gartens. Ich schaue den Tropfen beim Zerplatzen zu. Ich frage mich, wie das geht: zu Hause zu sein und sich doch fremd zu fühlen.

»Lenny!«

Die Stimme meiner Mutter. Schrill und fordernd wie immer, darunter verlassen und hohl.

»Ich komme, Mama.«

Mir ist kalt, meine Füße sind kalt. Das liegt an den weißen Bodenfliesen, mit denen das ganze Haus ausgelegt ist. Meine Mutter hat sie ausgesucht, in einem Fliesenfachgeschäft in Daglfing.

Wir standen vor einer Regalwand mit Bodenkacheln, aus denen ein Verkäufer eine Musterfliese genommen hatte. Mein Bruder und ich schauten uns an, wir dachten dasselbe wie mein Vater.

»Ausgerechnet Weiß? Da sieht man doch jeden Dreck drauf.«

»Italienisches Design«, sagte der Verkäufer und lächelte meiner Mutter zu. »Aus dem Piemont.«

»Ich kann da kein Design erkennen«, sagte mein Vater. »Für mich ist das nur eine ganz normale Bodenfliese.«

»Speziell gerundete Kanten«, erklärte der Verkäufer. »Doppelt gebrannte Trittseite. Und wenn Sie genau hinschauen, sehen Sie eine ganz leichte Struktur in der Oberfläche.«

»Ich bin dagegen«, sagte mein Vater.

»Vielleicht lieber Terrakotta«, sagte der Verkäufer und nahm eine entsprechende Fliese aus dem Regal.

»Noch so was Italienisches«, sagte mein Vater.

»Oder Sandstein. Da sehen Sie nichts darauf, wenn mal was danebengeht.«

»Sag doch auch mal was dazu«, wandte sich mein Vater an meinen Bruder. Mich fragte er nicht.

»Ich weiß nicht«, sagte Jakob. »Am Ende entscheidet Mama ja doch.«

»Siehst du«, triumphierte meine Mutter, »der Große ist auch dafür.« Sie wandte sich an den Verkäufer. »Wir nehmen die weißen«, sagte sie mit strahlendem Lächeln. »Die aus dem Piemont.«

Mein Vater hat nie wieder ein Wort über die weißen Fliesen verloren. Obwohl man sich seitdem die Schuhe ausziehen muss, wenn man unser Haus betritt. Er will einfach keinen Streit. Nicht zu Hause, nicht in der Familie. Das ist die unausgesprochene Verabredung zwischen meiner Mutter und ihm. Er lässt sie reden und schluckt herunter, was er denkt. Mein Bruder und ich haben uns oft gefragt, ob er Angst hat vor ihr und wie viel ein Mensch herunterschlucken kann. Dabei ist er sonst nicht so. Wenn eine seiner Angestellten in der Apotheke die falschen Medikamente bestellt oder beim Einräumen der Regale Fehler macht, wird er wütend und schreit rum. Dann ist meine Mutter diejenige, die schweigt. Die Apotheke ist sein Reich, da ist er der Chef. Sobald er seinen weißen Apothekerkittel auszieht, hält er den Mund. Jakob nannte das die »Große Lüge«. Für ihn war unser Haus wie ein Kartenhaus. »Alles Pappe«, sagte er, »und wenn du dagegenpustest, fällt es um.«

Der Küchentisch ist für vier gedeckt: vier Tischsets aus Bast, vier Stoffservietten, die in silbernen Ringen stecken, auf denen Namen eingraviert sind: Holger, Ingrid, Leonard, Jakob. Der Platz meines Bruders ist leer. Er ist trotzdem da.

Mein Vater streicht sich Butter aufs Brot, belegt es mit Schinken. Er schneidet eine Gewürzgurke der Länge nach in dünne Scheiben, verteilt sie auf dem Schinken. Dann beginnt er zu essen. Mit Messer und Gabel. Sein Unterkiefer knackt beim Kauen. Wie immer abends essen wir kalt: Käse und Aufschnitt, dazu Brot aus dem Supermarkt. Schnittfrisch, wie es auf der Verpackung heißt. Zehn Scheiben, fünfhundert Gramm, seit Jahren dieselbe Marke.

»Wir hätten ihn nicht fahren lassen dürfen«, sagt meine Mutter. »Wenn er nicht gefahren wäre, würde er jetzt noch leben.«

»Es war ein Unfall«, sagt mein Vater.

»Aber ausgerechnet er, Holger, warum er?«

Das Telefon klingelt. Mein Vater legt Messer und Gabel beiseite, tupft sich den Mund mit der Serviette ab.

»Das wird der Bestattungsunternehmer sein«, sagt er und geht hinaus in den Flur, um das Gespräch entgegenzunehmen.

Meine Mutter starrt vor sich hin, ihre Hände spielen mit Jakobs Serviettenring. Ihre Finger fahren über den Namen ihres Erstgeborenen, als sei er in Blindenschrift eingraviert.

»Mama«, sage ich.

Sie reagiert nicht. Jakob war ihr Prinz. Wenn sie ihn zum Abschied umarmte, morgens, bevor er zur Schule ging, musste sie sich auf die Zehenspitzen stellen. Er war einen Kopf größer als sie. Sie fasste ihn am Hals, zog ihn zu sich herunter. Sein gebeugter Rücken, wenn sie ihn auf die Wange küsste. Er schwieg dazu, aber ihm war anzumerken, wie wenig er das mochte. Sie nahm das nicht wahr. Sie wollte es nicht wahrnehmen.

Ab jetzt wird sie mich küssen. Ein schlechter Ersatz und doch der einzige, den sie hat.

Mein Vater kommt zurück, setzt sich wieder an den Tisch, legt sich die Serviette auf die Knie, isst weiter. Das Kratzen seines Bestecks auf dem Teller, Brotkrümel, die im Gurkensaft schwimmen.

»Wir müssen uns entscheiden«, sagt er.

Meine Mutter schaut ihn fragend an.

»Wegen des Sarges«, sagt er. »Das Günstigste wäre Fichte, aber das kommt nicht infrage. Nicht für meinen Jungen.« Seine Stimme klingt heiser. »Also bleibt Eiche oder Buche. Es gibt da verschiedene Modelle.«

Es fällt ihm nicht leicht, das zu sagen. Er hat seinen Sohn verloren, und jetzt soll er sich entscheiden, ob er ihn in einer Buchen- oder einer Eichenkiste beisetzen lassen will. Meine Mutter starrt ihn an, als hätte er ihr in den Bauch getreten. Ihre Gesichtszüge sind eingefroren, die dünnen Fältchen um Stirn und Augen wie Ackerfurchen in einem verschneiten Feld.

Meine Eltern haben mich nie mit meinem Bruder verglichen. Es gab keinen Grund dazu. Die Rollen waren klar verteilt. Jakob stand in der Sonne, ich in seinem Schatten daneben. Ich war unsichtbar. Ab jetzt bin ich nicht mehr unsichtbar. Ab jetzt werden meine Eltern mich vergleichen.

Und enttäuscht sein. Weil das, was sie sehen werden, nicht das ist, was sie sehen wollen.

DREI

DER ANZUG IST MIR ZU GROSS, ABER DAS IST MIR EGAL. Er gehörte meinem Bruder. Er hat ihn zu seiner Abiturfeier getragen. Als Jahrgangsbester musste er die Abiturrede halten. Eine Ehre, auf die er am liebsten verzichtet hätte. Er stand auf der Bühne der Aula, gab sich fröhlich und wirkte verloren. Die üblichen Floskeln fehlten. Nichts über den Aufbruch in ein neues Leben oder die bevorstehende Eroberung der Welt. Die Schule beschrieb er als einen Ort des Aufgehobenseins, dessen Türen jetzt für immer hinter ihm zufielen. Er hörte sich an wie einer, der ins Exil muss und um seine verlorene Heimat weint. Niemandem fiel auf, dass er das Wort »Zukunft« kein einziges Mal gebraucht hatte. Als ich ihn danach fragte, zuckte er nur mit den Schultern. Da wusste ich, dass er das Wort bewusst vermieden hatte.

Die Kirche ist bis zum letzten Platz gefüllt. Der Sarg steht neben dem Altar. Meine Eltern haben sich für Eiche entschieden. Ich hätte Buche genommen. Weil es das hellere Holz ist. Ich will nicht, dass mein Bruder im Dunkeln liegt. Der Sarg ist mit Blumengebinden geschmückt, davor liegen Kränze. Ich weiß nicht, was auf den Schleifen steht, ich will es nicht wissen. Meine Mutter und mein Vater sitzen neben mir, zwei Ertrunkene in einem Meer von Traurigkeit. Ich bin nicht traurig. In mir ist kein Platz dafür. In mir ist Platz für gar nichts.

Dass so viele Menschen gekommen sind, tut meinen Eltern gut. Es gibt ihnen das Gefühl, nicht allein zu sein. Dabei sind sie in Wahrheit so allein wie nie.

Ich schaue durch das Kirchenschiff. Die Säulen verwandeln sich in Bäume, die Deckenbalken werden zu Zweigen und Ästen. Dazwischen das Blau des Himmels. Sonne, die durch das Grün der Blätter bricht. Ich liege mit meinem Bruder im Gras und lasse mir von ihm die Welt erklären. Dass die Menschen Gefangene sind. Dass Freiheit nur eine Illusion ist und wir uns hinter dem verstecken, was wir Schicksal nennen. Ich verstehe nicht ein Wort von dem ganzen philosophischen Zeug, das er von sich gibt. Scheiß drauf, sagt er. Und lacht. Und ich lache mit ihm. Über das Leben, das sich nicht greifen lässt und letztlich nichts weiter als ein einziger großer Witz ist. Wir schwingen an einem langen Seil über einen Waldsee, lassen uns am höchsten Punkt ins Wasser fallen, sprengen mit unseren aufklatschenden Körpern unsere Spiegelbilder. Wir streifen durch das Uferschilf, spannen Schilfblätter in unsere Fäuste und pfeifen darauf, während hinter uns die Sonne untergeht. Wir stehen da und lauschen dem Gesang der Frösche in der Dämmerung. Ein großer und sein kleiner Bruder. Über Witze kann man lachen oder weinen, es kommt ganz darauf an. Die Grenze dazwischen ist ein schmaler Grat.

Der Pfarrer ist ein Mann mit schütterem grauen Haar und aufgedunsenen Wangen. Auf seiner Stirn glänzen Schweißtropfen.

»Liebe Trauergäste, liebe Gemeinde«, sagt er und versucht, ein ausgelöschtes Leben zu erklären. Er rühmt Jakobs soziales Empfinden, seinen Sinn für Humor, seine vielseitigen Begabungen. Er erinnert an sein glänzendes Abitur, den Studienplatz für Pharmazie an der Uni München, für den er schon eingeschrieben war, die Apotheke seines Vaters, die er irgendwann hätte übernehmen sollen. Er malt Jakobs zerplatzte Zukunft in leuchtenden Farben, als könne er damit das hässliche Grau seines Todes übertünchen. Jedes seiner Worte ist falsch, jedes Bild schief, jeder Satz eine Lüge. Er spricht über meinen toten Bruder und redet an ihm vorbei. Bis er bei der Frage nach dem Sinn seines Sterbens landet. Und damit bei Gott.

»Was bleibt«, sagt er, »ist das Gebot an uns alle, diesen

Tod im Glauben an Jesus Christus anzunehmen, auch wenn wir ihn im Letzten nicht begreifen können.«

Amen, denke ich und frage mich, wen wir nicht begreifen können: den Tod oder Jesus Christus? Oder vielleicht beide?

Ich sehe Jakob in der dunklen Eichenkiste vor mir liegen, seine schwarzen Haare auf dem schimmernden Satinfutter, die Augen geschlossen, die Lippen entspannt.

Dann passiert es. Urplötzlich, wie aus dem Nichts, höre ich seine Stimme. Sanft und gelassen wie immer.

Lass ihn doch, sagt er, *er weiß es nicht besser.*

Ich traue meinen Ohren nicht.

Wie kann das sein, frage ich in das Rasen meines Herzens, *wie geht das?*

Schrei nicht so, sagt Jakob, *oder willst du, dass die anderen alles mitkriegen?*

Nein, denke ich und versuche, mich zu beruhigen, *das will ich nicht.*

Na also, sagt Jakob, *schon besser.*

Du bist tot, denke ich, *ich hab gesehen, wie das Leben deinen Körper verlassen hat.*

Scheiß auf das Leben, sagt Jakob, *das Leben ist nicht alles!*

Geht's dir gut?, will ich wissen.

Du bist lustig. Wie soll's einem schon gehen in so einer engen Kiste? Das Futter stinkt nach Kunstfaser. Außerdem haben die mich nach dem Waschen mit so einem Zeug eingerieben, da wird einem ganz schummrig in der Birne.

Hör auf, Witze zu machen, denke ich.

Er lacht: *Mal ganz ehrlich, kleiner Bruder, was soll ich sonst tun?*

Meine Augen füllen sich mit Tränen: *Werden wir uns wiedersehen?*

Er schaut mich durch die Wand des Sarges direkt an, umarmt mich mit einem Lächeln, wie nur er es hinkriegt. *Wann immer du willst,* sagt er, *weißt du doch.*

Musik füllt die Kirche, irgendein Orgelstück. Ein dunkler Bass, klagend und tief, darüber die Melodie, einfach und leicht. Meine Mutter weint. Ihre Schminke ist zerlaufen. Die mit Tränen vermischte Mascara zieht sich über ihre Wangen wie Kaffeepulver in einer leer getrunkenen Espressotasse. Sie wirkt wie eine dieser Sandsteinstatuen am Kirchenportal. Verwittert von Wind und Regen. Lebendig und tot zugleich.

Meine Großmutter reicht ihr ein Papiertaschentuch. Die Altersflecken auf ihren Händen sehen aus wie Dreckspritzer. Sie ist fast achtzig, aber noch immer hält sie den Rücken kerzengerade. Die Knöpfe ihres schwarzen Kleides schließen oben am Hals, über dem gestärkten Kragen trägt sie eine Perlenkette. Ihr Gesicht gleicht dem eines Vogels, eingerahmt von gefärbten, sorgfältig frisierten Haaren. Ein helles Grau, auf dem ein violetter Schimmer liegt.

Meine Mutter schüttelt den Kopf, aber meine Großmutter duldet keinen Widerspruch. Sie streckt ihr das Taschentuch weiter entgegen, bis meine Mutter es endlich nimmt, es ihr fast schon entreißt, nur um es an meinen Vater weiterzureichen, der nicht weiß, was er damit anfangen soll. Hilflos streicht er über das weiche Vlies, drückt es in seinen Händen zusammen, schiebt es schließlich in seine Hosentasche.

Die Orgelpfeifen atmen ein letztes Mal aus, die Musik verklingt. Das ist das Signal. Mein Vater erhebt sich, die Kirchenbank knarrt. Es ist eine Zumutung für ihn, das sieht man ihm an.

Komm schon, sagt Jakob, *bring es hinter dich.*

Ich kann nicht, denke ich.

Du musst, beharrt er. *Tu's für ihn. Und für Mama.*

Ich quäle mich hoch, der Kloß in meinem Hals schnürt mir die Luft ab. Mit mir stehen vier Jungen auf, Freunde aus Jakobs Jahrgang, sie schieben sich an den Trauergästen vorbei, treten nach vorne zum Altar. Auf das Nicken meines Vaters hin heben wir den Sarg an, setzen ihn auf unsere Schultern.

Lasst mich bloß nicht fallen, sagt Jakob.

Wir gehen los, die Altarstufen hinunter und weiter durch den Mittelgang. Die Blicke der Trauergäste folgen uns, ihre Augen bohren sich wie Messer in unsere Rücken. Dann öffnen sich die Kirchentüren. Sonne fällt herein, so gleißend und hell, dass ich meine Augen zusammenkneifen muss.

Wenn ihr weiter so wackelt, muss ich kotzen, raunt Jakob mir ins Ohr.

Auch wenn ich ihn nicht sehen kann, weiß ich, dass er grinst.

VIER

DIE LETZTE REISE, SAGT MAN, ENDET IM HIMMEL. ABER IN Wahrheit führt sie nach unten. In eine Grube, zwei Meter fünfzig lang, neunzig Zentimeter breit, ein Meter fünfzig tief.

Die Wände des Grabes sind mit grünen Kunststoffmatten ausgekleidet. Auf den Rändern liegen gelochte Trittbleche, quer darüber zwei Planken, auf denen der Sarg ruht. Daneben die ausgehobene Erde. Waldfriedhof München, alter Teil, Flur 19, Grab Nr. 43. Die neue Adresse meines Bruders. Seine letzte Adresse.

Ganz in der Nähe befindet sich ein Steinmetzbetrieb. Grabsteine ohne Inschriften, die auf Holzblöcken ruhen. Rohlinge aus Granit oder Basalt, die darauf warten, dass die Namen Verstorbener in sie geschlagen werden. Meine Eltern haben sich für einen Sandsteinblock entschieden.

Unter Jakobs Namen wird das Datum seiner Geburt zu lesen sein, der Tag seines Todes, und darunter ein Spruch aus dem ersten Brief der Korinther: *Die Liebe hört niemals auf.*

Eigentlich mag ich Friedhöfe gern. Das Rauschen des Windes in den Baumkronen, den Geruch nach Erde und Kompost. Das tiefe Grün der Rhododendren, das Marmorgrau der Birken. Die auf dem Boden tanzenden Lichtpunkte bei Sonnenschein, den Glanz der Tropfen auf den Sträuchern und Büschen im Regen. Über die Wege zu schlendern, den Vögeln zu lauschen, sich Geschichten auszudenken zu den Namen auf den Gräbern. Alles weit weg und zugleich sehr nah. Ein stetig dahinfließender Fluss, in dem Zeit keine Rolle spielt.

Die Sonne brennt. Ich schwitze. Ich halte das Ende eines Seils in meinen Händen. Das andere Ende führt unter dem Sarg hindurch zu meinem Vater. Er steht da wie ein verloren gegangenes Gepäckstück, die Augen über die uralten Bäume ins Nichts gerichtet. Keine Wolke, die seinen Blick fängt, nur das weite Blau, ohne Anfang und ohne Ende. Meine Mutter hält sich an ihrer schwarzen Handtasche fest, ihre Lippen ein dünner Strich, die Haut über ihren Wangen durchschimmernd wie Pergament.

Ein Friedhofsangestellter zieht die Planken weg. Der Sarg schwankt in der Luft wie Schilfgras in einer leichten

Brise. Wir lassen ihn langsam herab, mein Vater und ich und die Jungen aus der Kirche. Das Seil schürft über die Innenflächen meiner Hände, jeder Zentimeter ein Kilometer, jede Sekunde eine Ewigkeit. Das Leben meines Bruders, das ich nicht festhalten konnte.

Der Pfarrer schlägt das Kreuzzeichen und zieht eine kleine Schaufel aus einem sandgefüllten Zinkeimer. Asche zu Asche, Staub zu Staub. Das dumpfe Aufklatschen des Sandes auf dem Eichenholz. Jede Schippe ein Schlag ins Gesicht. Erst jetzt wird mir klar, was das Wort »begraben« wirklich meint.

Stumm wandert die Schaufel von Hand zu Hand. Immer mehr Sand fällt auf den Sarg, dazwischen die weißen Nelken, die Jana am Ausgang der Kirche an die Trauergäste verteilt hat. Jana, das erste und einzige Mädchen, mit dem mein Bruder geschlafen hat. Jana, die jetzt am Rand seines Grabes weinend vor mir steht und darauf wartet, dass ich sie in den Arm nehme.

Ihr dunkelblondes Haar, die Spur der Tränen auf ihren Wangen, die Art, wie sie mich anschaut mit ihren bernsteinfarbenen Augen, wehmütig und verloren. Es ist dieser Blick, der mich an jene Nacht denken lässt, in der Jakob mich geweckt hatte, nachdem er von ihr zurückgekommen war.

»Ihre Eltern waren nicht da«, sagte er. Und erzählte, wie er mit ihr Musik gehört und über die Schule geredet hatte, das übliche banale Zeug, bis sich zwischen ihnen Schweigen breitgemacht hatte, weil es nichts mehr gab, über das sie noch hätten reden können. Wie er irgendwann gedacht hatte, es würde nichts mehr werden mit ihr und ihm und sich weggewünscht hatte. Wie sie ihn geküsst hatte, einfach so, mitten in dieses Gefühl der Fremdheit hinein. Und dass auf einmal alles wie von selbst ging. Der ganze Rest. Das, worum sich alles dreht.

»Als würdest du fliegen«, sagte er mit einem Leuchten in seinen Augen, wie ich es noch nie zuvor an ihm gesehen hatte, »nur viel, viel schöner.«

Ich stellte sie mir vor: Jana und Jakob. Zwei nackte Körper auf einem Bett. Die Ungeduld ihres Verlangens. Die Unsicherheit ihrer Berührungen. Die Unbeholfenheit des ersten Mals. Der Schweiß auf seiner Stirn, das Pochen ihrer Schläfen. Ihre in seine Schulter gekrallten Finger, die Abdrücke seiner Hände auf ihren Hüften. Das Schimmern der Zähne zwischen ihren geöffneten Lippen, sein Mund in ihrem Haar. Schließlich: ihr gemeinsamer Atem, schneller und immer schneller …

»Ich beneide dich«, sagte ich.

Sein Lächeln sagte: Ich mich auch.

Plötzlich fiel Licht aus dem Flur herein. Wir hielten inne wie ertappte Diebe. Meine Mutter stand in der Tür, ein Träger ihres Nachthemds war ihr von der Schulter gerutscht, ihre zerwühlten Haare fielen ihr in Strähnen ins Gesicht.

»Wo warst du?«, fragte sie. Ihre Stimme zitterte. Die Nachtcreme auf ihren Wangen glänzte. Ohne die Schminke, die ihre tiefen Augenringe abdeckte, sah sie aus wie ein Gespenst.

»Unterwegs«, sagte Jakob.

»Du wolltest um elf hier sein.«

»Ich weiß.«

»Es ist nach zwei.«

»Tut mir leid.«

»Wieso bist du nicht an dein Handy gegangen?«

»Ich hab's nicht gehört.«

»Warum lügst du mich an?«

»Ich lüg dich nicht an.«

»Du hast meine Frage nicht beantwortet.«

»Welche Frage?«

»Wo du gewesen bist.«

»Ist doch egal.«

»Und ich?«, fragte sie. »Dass ich die halbe Nacht lang wach liege, dass ich fast umkomme vor Angst, ist dir das auch egal?«

»Ich bin achtzehn, Mama.«

»Und ich bin deine Mutter.«

»Das weiß ich.«

»Aber es kümmert dich nicht.«

»Das stimmt nicht.«

»Weil du nur an dich denkst.«

»Hör auf, Mama, bitte!«

Aber es war zu spät. Sie kippte ihre Vorwürfe über ihn aus wie einen Kübel Dreck. Jakob saß reglos da, versuchte, ihr Gift an sich abperlen zu lassen, und saugte es auf wie ein trockener Schwamm. Bis nichts mehr übrig war von seinem Glück.

Ich nehme Jana in den Arm. Ihr Kopf an meiner Schulter, ihr Atem an meinem Hals, warm und weich. Für einen Moment erfasst mich eine unbekannte Sehnsucht.

»Hast du ihn geliebt?«, frage ich.

»Ja«, sagt sie, »hab ich.«

»Er dich auch.«

»Warum hat er mich dann verlassen?«

»Manchmal kann man nicht so, wie man will«, sage ich und schaue wieder rüber zu meiner Mutter, die alles getan hat, um ihren Sohn nicht teilen zu müssen. Schon gar nicht mit einem Mädchen, das er liebt. Du hast gewonnen, Mama. Der Preis war zu hoch.

FÜNF

DIE TRAUERGÄSTE HABEN SICH IN EINEM CAFÉ VER-sammelt. Gegenüber vom Friedhof. Geschlossene Gesellschaft. Ihre Worte tanzen wie Schneeflocken durch den Raum: … die armen Eltern … das eigene Kind überleben zu müssen … eine furchtbare Tragödie … Ein Schneegestöber aus Worten, in dem ich nicht vorkomme.

Auf dem Fenstertisch, an dem ich mit meinen Eltern und meiner Großmutter sitze, steht eine Platte mit Schnittchen: Lachs mit Dill, Schinken mit Tomate, Ei mit Remoulade. Die Teller und Tassen tragen Blumenmuster, die Papierservietten sind zu Dreiecken gefaltet. Der Stuhl, auf dem der Pfarrer sitzen sollte, ist leer. Er habe noch eine weitere Beerdigung, hat er meinem Vater gesagt, es tue ihm leid.

Meine Großmutter nimmt sich ein Lachsschnittchen,

mein Vater ein Brot mit Ei. Meine Mutter nimmt sich nichts. Eine Puppe aus einem Wachsfigurenkabinett, eine leere Hülle.

»Ingrid«, sagt meine Großmutter.

»Bitte, Mutter«, sagt mein Vater.

»Sie muss etwas essen.«

»Du siehst doch, dass sie nicht will.«

»Nichts zu essen macht den Jungen auch nicht wieder lebendig«, sagt meine Großmutter und beißt in ihr Lachsschnittchen.

Meine Mutter greift nach einem Glas Wasser. Aber sie trinkt nicht, sie wartet. Mein Vater weiß, was das bedeutet. Ein vorsichtiger Blick in die Runde, er will keine Zeugen für das, was jetzt kommt, dann zieht er einen Medikamentenblister aus der Hosentasche, drückt eine Tablette heraus. Meine Mutter öffnet ihre Hand, mein Vater legt die Tablette hinein. Er sieht traurig aus, während er das tut, auch wenn er den Kampf gegen ihre Abhängigkeit längst aufgegeben hat.

»Ich gratuliere dir«, sagt meine Großmutter. »Dein Sohn ist tot und deine Frau schluckt weiter Tabletten.«

»Misch dich nicht ein«, sagt mein Vater.

Meine Mutter schiebt sich die Tablette in den Mund. Eine Frau, die nach Erlösung schreit. Ihre Hände umklammern das Glas, die Falten an ihrem Hals zittern beim Schlucken.

Meine Großmutter tupft sich mit ihrer Serviette den

Dill von den Lippen. »Ihr hättet ihn niemals fahren lassen dürfen«, sagt sie. »Allein in die Berge, ohne jede Erfahrung.«

»Er wollte mit Freunden dorthin«, sagt mein Vater. »Wir haben ihm vertraut.«

»Es geht nicht um Vertrauen«, sagt meine Großmutter, »es geht um Verantwortung.« Und mit einem Seitenblick zu ihrer Schwiegertochter: »Aber wie soll man Verantwortung für andere übernehmen, wenn man sie nicht einmal für sich selbst übernehmen kann.«

»Bitte, Mutter«, sagt mein Vater.

Ich schaue aus dem Fenster. Das Glas ist alt und dünn, in seiner welligen Oberfläche bricht sich die Wirklichkeit. Die Mauer des Friedhofs, die Bäume, der Himmel. Ein zerfließendes Bild.

Hörst du das, Jakob?

Reg dich nicht auf, sagt er, *das bringt nichts.*

Warum tun sie das? Sich gegenseitig so zu zerfleischen.

Erklärungsversuche, sagt Jakob, *die Frage nach der Schuld.*

Aber es war doch ein Unfall, denke ich, *da gibt es keine Schuld.*

Ohne Schuld keine Erklärungen, sagt er. *Und ohne Erklärungen kein Begreifen.*

Gott kann man auch nicht begreifen, denke ich.

Wenn es ihn überhaupt gibt, sagt Jakob.

Ich glaube schon.

Aber du weißt es nicht.

Die Menschen brauchen Gott, denke ich.

Oder er sie, sagt Jakob.

Du glaubst, es gibt ihn nicht?

Das habe ich nicht gesagt.

Wenn es ihn nicht gibt, dann gibt es auch keine Wiederauferstehung, denke ich. *Dann wirst du in deiner Holzkiste einfach vermodern. Aufgefressen von den Würmern. Bis nichts mehr von dir übrig ist.*

Spielt das wirklich eine Rolle?, fragt Jakob.

Für mich schon, denke ich.

Weil du dich schuldig fühlst.

Wieso sollte ich mich schuldig fühlen?

Jakob lächelt: *Weil du mich liebst, Bruderherz. Mehr als Mama und Papa, mehr als alle anderen.*

Ja, denke ich, *das tue ich.* Und fühle mich allein wie nie zuvor. Tränen steigen mir in die Augen, Angst füllt meine Brust. Die Angst, dass er mir für immer entgleitet.

Glaubst du an die unsterbliche Seele, Jakob?

Ich bin tot, sagt er, *schon vergessen?*

Sein Gesicht wird unscharf. Seine Stirn, seine Nase, sein Mund: Die Konturen zerfließen, lösen sich auf im Satinfutter seines Sarges.

Du siehst müde aus, denke ich.

Müde ist nicht das richtige Wort, sagt er.

Ich wünschte, ich wäre an seiner Stelle. Wenn ich könnte, würde ich mit ihm tauschen.

Jetzt werd bloß nicht kitschig, sagt er.

»Wieso kitschig?«, fragt mein Vater. »Was meinst du da mit?«

Er schaut mich mit großen Augen an. In seiner Brille spiegeln sich die Kronen der Bäume draußen vor den Fenstern des Cafés. Ein silbriges Schimmern.

»Nichts, Papa, gar nichts. Ich hab nur laut gedacht.«

Ich versuche, mir nichts anmerken zu lassen. Er würde es nicht verstehen, ich verstehe es ja selbst nicht. Das alles ist total verrückt! Mit meinem toten Bruder zu reden durch die Wände seines Sarges, ihn Witze reißen zu hören, sein Grinsen zu sehen. So was funktioniert vielleicht im Kino oder in Büchern, aber niemals in der Wirklichkeit.

Ich spüre, wie mir der Schweiß ausbricht. Keine Luft mehr. Das Gefühl zu ersticken. Ich springe auf, bleibe dabei an der Tischdecke hängen. Das Besteck rutscht vom Tisch, fällt zu Boden. Ich zerre am Knoten meiner Krawatte, versuche, den obersten Knopf meines Hemdes zu öffnen. Dabei stoße ich meinen Stuhl um. Die Gespräche im Raum verstummen, die Trauergäste starren mich erschrocken an. Genau wie mein Vater. Reiß dich zusammen, Lenny! Ich zwinge mich zu einem Lächeln, lege das Besteck zurück auf den Tisch, richte den Stuhl wieder auf.

»Nichts passiert«, sage ich, »alles okay.«

Sobald ich draußen bin, fange ich an zu laufen, rüber zum Friedhof. Ich laufe die Hauptallee entlang, vorbei an der Trauerhalle, weiter und immer weiter, ich weiß nicht, wohin. Ich will nur noch laufen, mir den Schmerz aus dem Körper laufen, dem Tod davonlaufen, der Sprachlosigkeit meiner Eltern. Aber noch während ich laufe, sehe ich die Toten vor ihren Gräbern sitzen, sehe sie im Vorbeilaufen an ihre Grabsteine gelehnt miteinander plaudern, sehe, wie sie den Tanz der Sonne in den Wipfeln der Bäume betrachten, das Spiel von Licht und Schatten auf ihren vermoderten Körpern. Ich laufe und höre, wie sich das Wispern ihrer Stimmen mit dem Rauschen der Blätter vermischt. Und noch immer laufe ich, bis mein Körper nicht mehr kann. Der Schweiß rinnt mir in Strömen über das Gesicht, meine Brust brennt. Die Hände auf die Knie gestützt, stehe ich da und merke, dass ich kaum einen Steinwurf von Jakobs Grab entfernt bin. Ich fühle meine Galle hochkommen und erbreche mich auf den Weg.

Oh Mann, sagt Jakob.

Halt bloß die Klappe, denke ich und starre auf den gelblichen Speichel zwischen meinen Füßen. Dann fange ich an zu heulen. Wie aus dem Nichts. Die Tränen strömen über meine Wangen wie Sturzbäche, tropfen mir auf Krawatte und Hemd, laufen über den schwarzen Anzug, den mein Bruder während seiner Abiturrede trug. Meine Knie geben nach, ich lehne mich an den Stamm einer Linde. Langsam rutsche ich daran hinunter, bis ich dasitze, die Beine ausgestreckt, den Rücken an die schrundige Rinde gelehnt. Ich sitze da und weine. Nicht um Jakob. Um mich. Weil er mich alleingelassen hat. Einfach so.

Eine Hand legt sich auf meine Schulter. Sie gehört Jakobs bestem Freund, Max.

»Schöne Scheiße, das alles«, sagt er und setzt sich neben mich. Während ich mir mit der Krawatte die Tränen aus dem Gesicht wische, dreht er sich eine Zigarette, zündet sie an. Er nimmt einen tiefen Zug, stößt den Rauch aus, zieht erneut. Asche fällt auf seine Hose, gedankenverloren wischt er sie herunter. Schweigend schauen wir auf unsere ausgestreckten Füße. Ich bin froh, dass er bei mir ist.

»Wer ist das?«, fragt er unvermittelt.

»Wer?«

»Die da drüben.« Er deutet rüber zu Jakobs Grab, vor dem ein Mädchen kniet, so alt wie ich, vielleicht ein wenig älter. Sie wirft mehrere weiße Lilien darauf, eine nach der anderen, langsam und mit Bedacht. Sie muss sie mitgebracht haben. Die kastanienbraunen Haare fallen ihr in langen Wellen über die schmalen Schultern. Ihre Bewegungen sind voller Anmut, sie ist auffallend schön.

»Kennst du die?«, fragt Max.

»Nein«, erwidere ich. »Noch nie gesehen.«

Sie bemerkt, dass wir sie beobachten. Verunsichert steht sie auf. Für einen Moment treffen sich unsere Blicke. Das verrät mir das kurze Innehalten ihres Kopfes, bevor sie sich wegdreht und eilig davongeht.

Max und ich versinken wieder in Schweigen. Ich beobachte ihn. Haltlos wandert sein Blick von seinen Schuhen über die Gräber, wandert die Bäume empor, verharrt im

Blau des Himmels. Er versteht das alles nicht, das sehe ich ihm an. Ich weiß nicht, womit er hadert. Vielleicht mit dem Schicksal. Oder mit Gott, so wie ich.

Wie hat Jakob das noch mal genannt?

»Erklärungsversuche«, murmele ich vor mich hin, »die Frage nach der Schuld.«

»Was sagst du?«, fragt Max.

»Schon gut«, erwidere ich, »ist nicht wichtig.«

Ein letzter Zug an seiner Zigarette, dann drückt er sie auf dem Boden aus.

»Ich kapier das nicht«, sagt er.

»Was?«, frage ich zurück.

»Das passt einfach nicht!«

»Was passt nicht?«

»Ein Typ wie Jakob. Der seit seiner Kindheit geklettert ist. So einer stürzt nicht ab.«

»Aber die von der Bergwacht haben ...«

»Die kennen ihn doch gar nicht«, unterbricht er mich. »Die wissen doch überhaupt nicht, was er draufhat. Außerdem ...«

»Außerdem was?«

»Allein zum Klettern in die Berge? Das würde er niemals tun.«

»Warum seid ihr nicht mitgefahren?«, frage ich. »Du und die anderen.«

»Wie denn? Wir haben ja gar nichts davon gewusst.«

»Aber er muss euch doch gefragt haben. Sonst hätte er

meinen Eltern nicht gesagt, dass er mit seinen Freunden fährt.«

Max schaut mich beunruhigt an. Und berichtet, dass mein Vater ihn angerufen habe, kurz nach dem Unfall.

»Er hat mich dasselbe gefragt wie du«, sagt er, »und ich habe dasselbe geantwortet: dass ich nichts davon wusste. Ich nicht und die anderen auch nicht.«

»Wieso hat er mir das nicht erzählt?«

»Ich weiß es nicht, keine Ahnung.«

Alles kommt hoch. Die Zeit nach dem Unfall, die Tage in der Klinik in Garmisch. Der reglose Körper meines Bruders, das gleichmäßige Piepsen der Apparate. Das unbestechliche Auf und Ab des Faltenbalges, die undurchdringlichen Mienen der Ärzte. Das verzweifelte Aufrechterhalten einer längst verlorenen Hoffnung. Bis zu dem Augenblick, als eine Krankenschwester den entscheidenden Schalter umlegte.

»Glaubst du, es war gar kein Unfall?«, frage ich leise.

»Ich weiß nicht, was ich glauben soll«, sagt Max.

»Aber wenn es kein Unfall war, dann …«

»Lass es, Lenny«, unterbricht er mich, bevor ich den Gedanken aussprechen kann. »Das bringt nichts. Tut mir leid, dass ich überhaupt davon angefangen habe.«

»Schon okay«, sage ich.

Und denke das Gegenteil.

SECHS

ICH WÜRDE SO GERNE SCHLAFEN, ABER ICH KANN NICHT. Ich liege in meinem Bett und schaue hinaus in die Nacht. Vor meinem Fenster steht eine Straßenlaterne. Das hereinfallende Licht taucht mein Zimmer in ein fahles Grau. Sterne am Himmel, die ich nicht sehen kann. Der Mond steht auf der anderen Seite des Hauses, mein Bruder liegt auf der anderen Seite der Welt.

Ich muss an die Worte des Pfarrers denken. Den Tod annehmen, auch wenn wir ihn im Letzten nicht begreifen können. Womit wieder Gott ins Spiel kommt und die Frage, ob es ihn gibt oder nicht.Vielleicht hat Jakob recht, vielleicht spielt es wirklich keine Rolle, ob die Seele unsterblich ist. Gott lässt sich nicht beweisen.

Ein Geräusch lässt mich zusammenzucken. Berstendes Holz. Glas, das zersplittert. Ich stehe auf. Der Flur liegt im

Dunkeln, geflutet mit Stille. Die Schlafzimmertür meiner Eltern ist geschlossen.

»Mama?«, rufe ich leise.

Keine Antwort. Barfuß gehe ich die Treppe hinunter, vorbei an den gerahmten Kinderfotos an der Wand. Die meisten zeigen meinen Bruder. Der dreijährige Jakob auf den Schultern meines Vaters, ein tropfendes Eis in der Hand, vor dem Nashorngehege in Hellabrunn. Jakob mit sechs, seine Schultüte im Arm, vor dem Portal der Grundschule in Laim. Der Segelkurs auf dem Chiemsee mit acht, die erste Bergtour mit unserem Vater an seinem zehnten Geburtstag. Das Skirennen in Lenzerheide, als er elf war. Der Moment, als er die Ziellinie überquert, seine zum Jubel hochgerissenen Arme, das Glück in seinen Augen. Ein Sieger. Das ist das Bild, das meine Eltern immer von ihm hatten.

Eines der Fotos fehlt. Ein staubiger Rand markiert die Stelle, an der es hing. Was davon übrig ist, liegt inmitten von Glassplittern und Rahmenteilen auf den weißen Bodenfliesen im Wohnzimmer. Mein Vater sitzt daneben, in seinem schwarzen Ledersessel. Ich nehme das Foto aus dem zerbrochenen Rahmen, die Oberfläche glänzt im Licht der Stehlampe: Mein Bruder sitzt auf dem Verkaufstresen der Apotheke. Er ist vier oder fünf Jahre alt. Seine Füße stecken in Ringelsocken und Sandalen, seine Beine baumeln ins Nichts. Seine schwarzen Haare sind kurz geschnitten und sorgfältig gescheitelt. Er trägt einen

Apothekerkittel mit dem Namensschild meines Vaters auf der Brust. Der viel zu große Kittel ist wie eine Höhle. Er versinkt darin. Seine kleinen Hände ragen aus den viel zu langen Ärmeln, die meine Mutter hochgekrempelt hat. Sie steht hinter ihm, hält ihn fest. Ihre Finger auf seinem schmalen Körper. Eine Geste des Schutzes, ein Zeichen des Besitzes. Er strahlt den Betrachter an, streckt ihm eine Medikamentenschachtel entgegen. Ich drehe das Foto um. Auf der Rückseite steht in der geschwungenen Handschrift meiner Mutter: *Unser Jakob, ein geborener Apotheker.*

»Ein geborener Apotheker«, sagt mein Vater lallend. Er schaut mich dabei an, aber er sagt es zu sich selbst. Es hört sich an wie eine Anklage. Das Leder des Sessels knirscht unter dem Gewicht seines Körpers.

»Wo ist Mama?«, frage ich.

»Im Bett.«

»Schläft sie?«

»Natürlich schläft sie«, sagt er und lächelt bitter. »Das ist alles bloß eine Frage der richtigen Mischung. *Valium, Vicodin, Darvon, Percaden, Percocet.* Und ab und zu ein bisschen *Xanax.* Für die gute Stimmung.«

Erst jetzt sehe ich das Whiskyglas in seinen Händen. Sein Blick versinkt darin wie in einem Abgrund. Neben ihm auf dem Beistelltisch eine geöffnete Flasche, der Verschluss liegt daneben. Sie ist halb geleert, er hat sich beeilt mit dem Trinken.

»Für alles im Leben gibt es eine Dosis«, sagt er leise. »Meine ist überschritten.«

»Du kannst nichts dafür, Papa.«

»Denkst du das wirklich?«, erwidert er und dreht sich zu mir um. Seine Augen sind gerötet, die Brille sitzt schief auf seiner Nase, eine Strähne seines Haares hängt ihm in die Stirn.

»Niemand kann was dafür«, sage ich.

Er zieht die Mundwinkel nach oben. Der Versuch eines Lächelns, das ebenso gut ein Weinen sein könnte.

»Niemand«, wiederholt er. »Ein guter Name für deinen Vater.«

»Es gibt keinen Grund, dir Vorwürfe zu machen.«

»Ich mache mir keine Vorwürfe, ich stelle nur fest.«

Er setzt das Glas an die Lippen, leert es in einem Zug. Aber er ist den Alkohol nicht gewohnt. Er muss husten, spuckt den Whisky wieder aus. Mit der Hand wischt er sich über den Mund, fährt sich durchs Gesicht, schiebt dabei seine Brille nach oben. Er bemerkt es nicht. Die Brille fällt herunter, landet in seinem Schoß. Auch das bemerkt er nicht. Stattdessen greift er wieder nach der Flasche.

»Apotheker«, sagt er abfällig und füllt sein Glas erneut. »Die Leute finden das toll, ich weiß bloß nicht mehr, warum. Weißt du es?«

Er mustert mich mit seinen geröteten Augen, die den Blick kaum noch halten können vor lauter Alkohol, dann schüttelt er den Kopf: »Nein, du weißt es nicht. Natürlich nicht. Wenn einer es nicht weiß, dann du.«

»Ich weiß nur, dass du immer stolz darauf warst.«

»Stolz«, sagt er und glotzt auf den Whisky in seinem Glas. »Ein großes Wort.«

Sein Rücken löst sich von der Lehne des Sessels, das schwarze Leder quietscht.

»Gib es mir«, fordert er und nimmt mir das Foto aus der Hand. Der kleine Apotheker, aus dem kein großer mehr werden wird. Zwanzig mal dreißig Zentimeter Papier, eine zerbrochene Hoffnung. Mein Vater stellt das Glas auf den Beistelltisch, der Whisky schwappt hin und her. Mit den Fingern fährt er über das Foto, als wolle er festhalten, was sich nicht festhalten lässt, dann zerreißt er es unvermittelt, einmal der Länge nach, dann zweimal quer, die Schnipsel fallen auf den Boden, auf die weißen Fliesen, die meine Mutter ausgesucht hat in einem Fachgeschäft in Daglfing.

»Alles schiefgegangen«, flüstert er heiser. »Alles versaut!«

Glassplitter, ein zerbrochener Rahmen, ein zerrissenes Foto. Ein Vater und sein Sohn, die sich im Licht einer Stehlampe anschweigen.

»Du hast mit Max gesprochen«, sage ich leise. »Jakobs Freund. Du hast ihn angerufen.«

»Spionierst du mir nach?«

»Er wusste nicht, dass Jakob in die Berge wollte.«

»Na und, was heißt das schon?«

»Dass er Mama und dir nicht die Wahrheit gesagt hat.«

»Selbst wenn, das ändert gar nichts.«

»Fragst du dich nicht, warum er euch angelogen hat? Was, wenn es kein Unfall war?«

Mein Vater zuckt zusammen, sein Körper strafft sich. Keine Spur mehr von Betrunkenheit.

»Damit wir uns da klar verstehen«, sagt er mit einer Stimme, die keinen Widerspruch duldet, »es war ein Unfall. Und jeder, der etwas anderes behauptet, lügt!«

SIEBEN

WIR LAUFEN DURCH EIN WEIZENFELD. DIE HALME REICHEN uns bis zur Brust. Ein Meer von Halmen, hin und her wogend im Wind, bis zum Horizont und darüber hinaus. Mein Bruder und ich. Wir sind nackt. Unsere Hände tanzen über die Ähren.

Wie aus dem Nichts taucht der Rohbau eines Hochhauses vor uns auf, ein riesiges Skelett aus Stahl und Beton, dreißig Etagen hoch oder auch mehr, ohne Fenster, ohne Fassade. Leere Aufzugschächte, die von unten nach oben die Stockwerke durchbrechen, mit Holzplanken gesicherte Treppen, über die wir hinauflaufen, zwei, drei Stufen auf einmal nehmend, verspielt wie junge Hunde. Mühelos schraubt Jakob sich Etage um Etage empor, höher und immer höher, er fliegt durch die Stockwerke, sein Lachen bricht sich an den grauen Böden und Decken.

Der Abstand zwischen uns wird größer und größer, meine Knie schmerzen, mein Puls rast. Schwer atmend halte ich inne, ringe nach Luft. Unter mir die endlose Weite der Felder, Wellen aus blassgelbem Korn, darüber der klare, wolkenlose Himmel, so tiefblau, dass man darin versinken könnte.

»Wo bleibst du denn?«, höre ich Jakob rufen und haste weiter. Die Muskeln in meinen Oberschenkeln fangen an zu brennen, die Innenflächen meiner Hände sind übersät mit Splittern aus dem Holz der Geländer. Meine Fußsohlen, aufgerissen vom rauen Beton, hinterlassen blutige Abdrücke auf dem Boden.

Schließlich erreiche ich das Ende der Treppe. Jakob sitzt auf der obersten Stufe, am Rand des Daches, die Beine noch im Schatten des Gebäudes, den Oberkörper bereits in der Sonne.

Lächelnd zieht er mich zu sich hoch. Das gleißende Sonnenlicht lässt mich die Augen zusammenkneifen. Als ich sie wieder öffne, stehen wir auf dem Dach. Ich höre Musik. Klavier, Bläser, Bass. Den Besen eines Schlagzeuges. Eine Stimme singt: »Fly me to the moon / Let me play among the stars / Let me see what spring is like / On Jupiter and Mars …«

In der Nähe der Dachkante steht eine Band, fünf Musiker in Paillettenjacken, Brillantine in den Haaren. Der Sänger nickt mir lächelnd zu, seine makellosen Zähne strahlen mich an, in seiner dunklen Sonnenbrille spiegelt sich ein langer Tisch, an dem drei Menschen sitzen. Ich drehe mich um.

»Da bist du ja endlich«, sagt mein Vater und lacht gut gelaunt. Er trägt ein Rüschenhemd, bis zur Brust aufgeknöpft, und eine Gliederkette aus Gold. In der einen Hand hält er ein gefülltes Whiskyglas, mit der anderen klopft er den Rhythmus der Musik auf den Tisch. Rechts von ihm meine Großmutter, auch sie in bester Stimmung. Ihre welke Haut quillt faltig unter den Trägern eines grell gemusterten Badeanzugs aus Lycra hervor, auf ihrem Kopf trägt sie eine Badekappe mit Blumenapplikationen aus Gummi, lila und pink. In einem mit Wasser gefüllten Glas schwimmen ihre dritten Zähne. Neben ihr meine Mutter in einem am Rücken offenen Krankenhauskittel. Hinter ihr ein stählerner Medizinschrank mit verglasten Türen, randvoll mit Medikamentenschachteln, vor ihr eine Pralinenetagere, gefüllt mit bunten Pillen und Tabletten, von denen sie ununterbrochen nascht wie ein kleines Kind, lustvoll und gierig. Der Tisch ist mit einem knallig lackierten Pappschild verkleidet, darauf ein glitzernder Schriftzug: *Let's suicide!*

Jakob erstaunt das alles nicht im Mindesten. Er steht einfach da, den Mund zu einem Lächeln verzogen, die Augen geschlossen. Ein Schauspieler, der auf seinen Auftritt wartet, begleitet von der öligen Stimme des Sängers: »Fill my heart with song / And let me sing forevermore / You are all I long for / All I worship and adore …«

Mein Vater leert sein Whiskyglas und klatscht in die Hände. Jana und Max tauchen auf, woher auch immer, sie in einem silbernen Cocktailkleid, er in einem schwarzen Smoking mit strassbesetztem Revers. Auf einen Wink meines Vaters rollen sie einen roten Teppich aus, von der Treppe bis zum Ende des Daches. Der Sänger singt: »In other words, please be true / In other words, I love you …«

Was soll denn das werden, frage ich, als Jakob auf den roten Teppich tritt.

»Fly me to the moon«, sagt er und zwinkert mir zu.

»I love you, Schatz«, ruft meine Mutter zu ihm rüber, während ihr die Reste zerkauter Tabletten aus den Mundwinkeln tropfen. Ein Trommelwirbel des Schlagzeugers, dann läuft Jakob unter dem anfeuernden Applaus meiner Eltern los, auf den Rand des Daches zu, schnell und immer schneller. Der Trommelwirbel steigert sich zu einem wilden Stakkato. Immer näher kommt Jakob der Dachkante, noch zwei Meter, noch einer, dann lösen sich seine Füße vom Boden. Mit einem Satz fliegt er über den Rand und ist verschwunden.

Ich fange an zu schreien, beuge mich über den gähnenden Abgrund. Dreißig Stockwerke tiefer der wogende Weizen, aber keine Spur von Jakob. Er hat sich aufgelöst, einfach so, irgendwo zwischen Himmel und Erde, im Nichts.

»Sehr elegant«, sagt mein Vater und zieht ein weißes

Pappschild unter dem Tisch hervor, auf der zwei Zahlen stehen, durch ein Komma getrennt.

»Einfach perfekt«, stimmt meine Großmutter zu und hält ebenfalls ein Schild hoch. Genau wie meine Mutter, deren Augen glücklich strahlen: »Er ist einfach der Beste.«

Drei Schilder, dreimal die Sechs Komma Null, Höchstnote.

Schweißgebadet fahre ich hoch, die Haare kleben mir im Gesicht, in meinem Mund der Geschmack des Schlafes. Die Dunkelheit holt mich zurück in die Wirklichkeit. Ich stehe nicht auf einem Hochhausdach, ich liege in meinem Bett. Keine endlosen Weizenfelder um mich herum, keine gleißende Sonne, nur die in graue Farblosigkeit getauchten Wände meines Zimmers. Ein Schrank, ein Schreibtisch, ein Fenster, eine Tür.

Beruhig dich, sagt Jakob, *es war nur ein Traum.*

Er sitzt auf meiner Bettkante, streicht mir das Haar aus der Stirn. Es tut gut und es tut weh. Beides gleichzeitig.

Ich halte seine Hand fest: *Und dass du Mama und Papa angelogen hast, war das auch nur ein Traum?*

Warum hätte ich ihnen erzählen sollen, dass ich allein in die Berge wollte?

Warum hast du es ihnen verschwiegen?

Er zögert mit der Antwort. Um seine Augen liegt ein Schatten. Er will mich nicht anlügen, aber die Wahrheit sagen will er auch nicht.

Ich weiß, warum du nicht antwortest, denke ich. *Weil die Antwort nicht zu dem passt, was alle glauben.*

Was glauben denn alle?

Dass du verunglückt bist, abgestürzt beim Bergwandern. Dass es ein Unfall war.

Und du, fragt er, *was glaubst du?*

Dasselbe wie Papa.

Hat er nicht gesagt, dass es ein Unfall war?

Ja, das hat er. Aber gedacht hat er was anderes.

Vielleicht ist es besser, gewisse Fragen nicht zu stellen, sagt Jakob.

Warum?, erwidere ich. *Weil die Antworten wehtun?*

Weil es nicht so einfach ist, sagt er, *und weil nicht jede Antwort auch eine Erklärung ist.*

ACHT

ALS ICH AM NÄCHSTEN MORGEN DIE TREPPE HERUNTER-komme, höre ich Geschirr klappern, es riecht nach frischem Kaffee. Für einen kurzen Moment habe ich das Gefühl, dass gar nichts passiert ist. Der ganz normale Anfang eines ganz normalen Tages: Jakob, der am Küchentisch sitzt und Cornflakes mit Milch isst. Das Schlagen seiner Zähne gegen den Löffel, das Krachen der Flakes beim Kauen. Seine verwaschene Jeans, das T-Shirt und darüber die weinrote Kapuzenjacke, die er so liebt. Seine Füße in den schwarzen *Vans,* die Schnürsenkel offen. Meine Mutter, die ihre Hände an einer Schale Milchkaffee wärmt, die Ellenbogen auf dem Tisch aufgestützt. Der Morgenmantel über ihrem Nachthemd, ihre nachlässig hochgesteckten Haare. Mein Vater, der in einen Toast beißt, neben sich die Zeitung, aus der er ihr vorliest. Sein makellos weißes Hemd, die dezent gemusterte Krawatte, sein Jackett, das wie immer über der Stuhllehne hängt.

Die Stimme meiner Mutter reißt mich zurück in die Gegenwart: »Wo ist das Foto?« Sie sitzt mit meinem Vater am Küchentisch. Ich bleibe am Fuß der Treppe stehen, beobachte die beiden unbemerkt durch die offene Küchentür.

»Welches Foto?«, erwidert mein Vater und kratzt mit einem Teelöffel die Reste seines Frühstückseis aus der Schale. Dabei beugt er sich nach vorne, er will keine Eidotterflecken auf seiner Krawatte.

»Das von Jakob. Das im Flur hing. Der kleine Apotheker.«

»Es ist mir runtergefallen«, erwidert er zögernd. Als hätte er Angst vor ihr. Wenn ich neben ihm säße, würde er mich jetzt anschauen.

»Runtergefallen?«, wiederholt meine Mutter ungläubig.

»Bitte, Ingrid … es tut mir leid.«

»Und wo ist es jetzt?«

»Ich weiß nicht«, sagt mein Vater. »Der zerbrochene Rahmen, das zersprungene Glas. Wahrscheinlich habe ich es weggeschmissen.«

»Deinen eigenen Sohn? Weggeschmissen?« Ihre Hände krallen sich in die Tischdecke, die Fingerknöchel treten weiß hervor.

»Vielleicht gehst du nach oben und legst dich noch ein bisschen hin«, sagt mein Vater hilflos. Meine Mutter starrt ihn an, die Farbe weicht aus ihrem Gesicht, ihre Züge verzerren sich.

»Ich will mich nicht hinlegen«, schreit sie und fegt ihre Kaffeeschale vom Tisch, »ich will meinen Sohn zurück!«

Die Schale zerspringt in einer Pfütze aus Milchkaffee, die Scherben hüpfen über die weißen Bodenfliesen. Meine Mutter scheint das nicht wahrzunehmen, stattdessen bricht sie in Tränen aus und herrscht meinen Vater an, ob er verstanden hat, was sie gerade gesagt hat. Und als er nicht sofort reagiert: »Ob du das verdammt noch mal verstanden hast!?«

»Ja«, sagt mein Vater. Was soll er auch sonst sagen? Er reißt Papier von einer Küchenrolle und macht sich daran, die Scherben einzusammeln und den Kaffee aufzuwischen.

Trauer ist ein Kampf, ein Kampf mit sich selbst, ein Kampf mit den anderen. Der Versuch, eine Zwiebel zu häuten. Mit Augen, die brennen. Mit einem Messer, das stumpf ist: Ich muss, aber ich kann nicht. Ich will, aber ich schaffe es einfach nicht.

Eine Stunde später sitze ich im Zug nach Garmisch, in der Tasche eine Rückfahrkarte für zwanzig Euro zehn, die ich aus dem Automaten gezogen habe. Meinen Eltern habe ich gesagt, dass ich in die Schule will, obwohl ich wegen Jakobs Tod noch bis Ende der Woche vom Unterricht befreit bin. Ich habe den kleinen Rucksack dabei, den ich von ihnen geschenkt bekommen habe, als ich zehn war. Für unsere erste gemeinsame Bergwanderung. Darin liegen das Fernglas meines Vaters und die Fotos, die ihm die Bergwacht geschickt hat vom Fundort meines Bruders.

Die Landschaft zieht an mir vorbei, das satte Grün der Hügel, dahinter das Steingrau der Berge, die Dächer der Bauernhöfe, die glänzenden Spitzen der Kirchtürme. Ein Sommertag in Bayern, umschlossen vom Messingrahmen eines Zugfensters.

»Fährst du auch in den Urlaub?«, fragt mich der kleine Junge, der mir gegenübersitzt. Er trägt eine kurze Lederhose, wie Jakob und ich sie in seinem Alter auch getragen haben, vorne ein Latz mit Knöpfen aus Hirschhorn und Filzeinsätzen an den Rändern. Seine Sandalen haben einen Klettverschluss, auf seinen Knien der eingetrocknete Schorf von Wunden aus dem Kindergarten oder dem Sturz mit einem Kinderfahrrad.

»Nein«, sage ich. »Kein Urlaub.«

»Wir fahren auf einen Bauernhof«, erklärt der Junge begeistert. In seiner Stimme schwingt Stolz mit und die kindliche Erwartung grenzenloser Abenteuer.

»Toll«, sage ich.

»Jetzt lass mal den Jungen in Ruhe«, sagt seine Mutter zu ihm und lächelt mir zu. Für einen Moment schaut ihr Sohn sie fragend an, er begreift nicht, warum er mich in Ruhe lassen soll, dann fängt er an zu singen, ein Kinderlied ohne Text, er singt nur die Melodie und fährt mit den Fingern die Konturen der Landschaft hinter der staubigen Scheibe nach, in der sich das Sonnenlicht bricht.

»Was machst du denn da«, sagt seine Mutter und zieht seine Hand angewidert von der Scheibe. Er versucht sich zu wehren, aber sie ist stärker. Mit einem Feuchttuch wischt sie seine staubigen Finger ab. Splissige blonde Haare, ein schmallippiger Mund, das Kinn geteilt. Ihre Wangen glänzen fettig.

Ein echter Kracher, höre ich Jakob sagen. *Vor allem das Arschkinn, einfach unwiderstehlich. Und diese Haut, glitschig wie ein Dosenpfirsich.*

Ich nehme die Fotos aus dem Rucksack und betrachte sie. Wände aus Wettersteinkalk, schrundig und grau wie die Borke einer Zeder. Gezackte Linien aus Stein, älter als die Welt. Eine Mulde im Fels, darin ein roter Fleck. Die Jacke meines Bruders, eine blutende Wunde. Seine Glieder, verdreht wie die einer weggeworfenen Puppe. Dann die Bergung selbst. Ein Bergretter, der sich aus dem Hubschrauber abseilt. Mein Bruder, wie er gesichert und eingehakt wird. Sein lebloser Körper vor dem orangefarbenen Overall des Retters. Der einsetzende Nebel, der das alles in wenigen Minuten zugedeckt haben wird, man ahnt das beim Betrachten der Fotos, auch wenn man es nicht sehen kann.

Der Geruch nach Leberwurst steigt mir in die Nase, fettig und streng. Die Mutter des Jungen hat eine blaue

Tupperdose geöffnet und ein Butterbrot herausgenommen.

»Aber keine Sauerei machen«, sagt sie und drückt es ihrem Sohn in die Hand.

Er beißt zu, die Leberwurst quillt zwischen den Rändern der Brothälften hervor, mir wird schlecht. Der Bissen ist viel zu groß für den kleinen Mund des Jungen, er kriegt ihn kaum runter, so voll sind seine Backen.

»Ausspucken«, sagt seine Mutter und hält ihm das schmutzige Feuchttuch unter den Mund. Er würgt die klebrige Pampe hinein. Während seine Mutter ihm den Mund abwischt, deutet er auf die Fotos auf meinem Schoß.

»Was ist das?«, fragt er neugierig.

»Fotos.«

»Und was ist da drauf?«

»Nichts Besonderes«, sage ich, »nur die Berge.«

»Und das Rote da?«

»Weiß auch nicht. Da hat wohl jemand was verloren.«

»Komm, Dominik«, sagt seine Mutter und zerrt ihn zur Abteiltür. »Pipi machen.«

»Ich muss aber gar nicht«, protestiert er.

Aber da sind die beiden schon draußen, ein kleiner Junge an der Hand seiner Mutter, die ihn über den Gang eines bayerischen »Interregio« zieht, irgendwo zwischen München und Garmisch, an einem Sommermorgen kurz nach elf.

NEUN

DIE GLEISTRASSE DER BAYERISCHEN ZUGSPITZBAHN BEginnt an einem kleinen Kopfbahnhof mitten im Zentrum von Garmisch. Die neunzehn Kilometer lange Strecke führt durch Riessersee, Hammersbach und Grainau, lässt den Eibsee rechts liegen, ehe sie sich in erst weiten, dann immer enger werdenden Bögen den Berg hinaufschlängelt, durch Nadelwälder, über Bergwiesen, höher und immer höher hinauf. Hinter dem Haltepunkt Riffelriss verschwinden die weiß-blauen Triebwagen für den Rest der Fahrt in einer engen Tunnelröhre, um nach einer Stunde und dreizehn Minuten den Zielbahnhof Zugspitzplatt zu erreichen, zweitausendfünfhundertachtundachtzig Meter über dem Meer.

Ich trete aus dem Gebäude, kneife die Augen zusammen. Die Sonne erschlägt mich. Trotzdem ist es kalt, es gibt keine Bäume hier oben, nur den Wind und die Felsen, einen Garten aus Stein, und darüber den Himmel, stahlblau und wolkenlos.

Ich mache mich auf den Weg. Jakobs Weg. Unter meinen Füßen scharfkantiger Schotter. Vor mir das Schneefernerhaus, silbrig glänzend, wie an den Berg geklebt. Links von mir die Reste des einst so gewaltigen Gletschers, abgedeckt mit riesigen Folien, um ihn vor der Sonne zu schützen. In mir die Gleichmäßigkeit meiner Atemzüge, der wiegende Rhythmus meiner Schritte.

Vorsichtig klettere ich einen Schotterhang hinauf, bis ich den unteren Rand der Gipfelflanke erreiche. Ich lasse mich auf einem Felsblock nieder, ziehe die Fotos aus dem Rucksack. Ich breite sie vor mir aus, vergleiche die aufgenommenen Felspartien mit den echten, suche im Berg die Mulde, aus der mein Bruder geborgen wurde. Aber statt der Mulde sehe ich plötzlich mich, einen kleinen, zehnjährigen Jungen bei seiner ersten Bergwanderung.

»Das schafft er nicht«, hatte meine Mutter gesagt, als wir das Haus verließen und in den Volvo stiegen.

»Ach was, das passt schon«, hatte mein Vater geantwortet und mir zugelächelt. Dann fuhren wir los.

Unser Ziel war die Höllentalklamm. Aufgeregt malte ich mir während der Fahrt aus, wie es sein würde, die enge Schlucht zu durchklettern, unter mir der reißende Bach, schäumend und wild, über mir der Himmel, unerreichbar weit entfernt, ein winziges Stück Blau zwischen steil aufragenden Wänden aus Fels, die sich an ihren Spitzen aufeinander zubewegten.

Als wir Stunden später den Eingang zur Klamm erreichten, war alles ganz anders. Zwar beeindruckte mich das ohrenbetäubende Rauschen des Wassers; es gab Tunnel, die man durchqueren, Felstreppen, die man durchsteigen musste. Aber der Weg war viel einfacher, als ich gedacht hatte. Ich war enttäuscht, weil ich mir einbildete, mein Vater habe sich nur deshalb für eine Wanderung durch die Klamm entschieden, weil er mir eine schwierigere Route nicht zutraute. Ich war mir sicher: Wenn er mit meinem Bruder allein unterwegs gewesen wäre, hätte er eine andere Tour ausgewählt.

»Na«, fragte er mich erwartungsvoll, als wir die Höllentalangerhütte oberhalb der Klamm erreichten, »was sagst du?«

»Klasse«, log ich, »echt spitze.«

Er merkte mir meine Enttäuschung an.

»Reicht ja, wenn einer meiner Söhne die Berge liebt«, sagte er und strich Jakob mit der Hand über den Rücken.

Ich wollte etwas erwidern, aber ich wusste nicht, was. Verloren schaute ich über die Wiesen rüber zur Riffeltalspitze und dem Höllentalferner und dachte: Ich liebe die Berge genauso wie ihr.

Dann begann der Rückweg über den Stangensteig. Und wieder war alles viel leichter, als ich mir zuvor ausgemalt hatte. Keine schroffen Felswände, die hinunterzuklettern waren, keine bedrohlichen Überhänge, unter denn man sich hindurchschieben musste, nur ein ganz normaler Bergweg, Baumgruppen aus Lärchen und Tannen, ein paar Felsbrocken im Grün der Wiesen. Bis zur eisernen Brücke, die über die Klamm führte. Mein Vater ging voraus. Jakob folgte ihm, sicher und ohne jede Angst. Dann war ich dran. Aber schon nach den ersten Metern zögerte ich. Zitternd schob ich mich über die hölzernen Bohlen, die Hände an das kalte Geländer geklammert, die Landschaft um mich herum geriet ins Schwanken. Panisch starrte ich hinab in den Abgrund unter mir, die tosende Klamm. Nichts ging mehr.

»Was machst du denn?«, hörte ich meinen Vater vom anderen Ende der Brücke rufen. »Geh weiter, Junge. Nicht stehen bleiben!«

Aber ich konnte nicht. Nicht vor und nicht zurück.

»Schon gut, Papa, ich mach das«, sagte Jakob.

Ich spürte seine Schritte auf den Holzbohlen, sah die verschwommenen Konturen seines Körpers, fühlte, wie er mich packte und an sich zog.

»Alles gut, kleiner Bruder«, sagte er, »du schaffst das schon.«

Tränen schossen mir in die Augen. Angst, Scham, ein Sturm der Gefühle. Ich hielt mich an ihm fest, während er mir Schritt für Schritt über den Abgrund half, quälend langsam, bis zum anderen Ende der Brücke, wo mein Vater mich abschätzig anschaute und sagte: »Hat deine Mutter wohl doch recht gehabt.«

Meine Hände zittern, als ich das Fernglas aus dem Rucksack ziehe. Sechs Jahre sind vergangen seit diesem Augenblick an der Brücke über die Höllentalklamm, aber für meine Eltern hat sich nichts verändert. Der große und der kleine Sohn, die widerspruchslos die ihnen zugewiesenen Rollen gespielt haben. Ihr Leben lang. Bis der Ältere der beiden aus dem fahrenden Zug gesprungen ist, ohne zu fragen und ohne jede Erklärung.

Ich setze das Fernglas an die Augen, stelle die Schärfe ein, lasse es über den Fels wandern, bis ich die Mulde finde, in der mein schwer verletzter Bruder lag, in seiner roten Jacke, die zerbrochenen Knochen verdreht im einsetzenden Nebel. Mit dem Fernglas vollziehe ich Jakobs Sturz von unten nach oben nach. Ich sehe die Vorsprünge, auf die sein Körper prallte, die ihn wegstießen, ihn weiterschleuderten zur nächsten Kante. Ich lasse den Film seines Sturzes rückwärtslaufen, bis zu der Stelle, wo er den festen Boden für immer hinter sich ließ, auf dem Gipfel der Zugspitze, zweitausendneunhundertzweiundsechzig Meter über Normalnull.

Das Gipfelkreuz ist fünf Meter hoch und vergoldet. Aus den Winkeln zwischen Haupt- und Querbalken wachsen Strahlen hervor, jeweils drei, ein Kranz aus eisernem Licht. Ein Geländer umgibt das Gipfelplateau, Handläufe aus

Stahl, die vor Unfällen schützen sollen. Wer hier abstürzt, tut es freiwillig.

Ich fahre mit der Gletscherbahn hinauf. Kurz darauf stehe ich auf dem felsigen Boden am höchsten Punkt Deutschlands. Das Panorama ist atemberaubend. Eine gute Stelle, um zum letzten Mal über die Welt zu schauen.

Ich schiebe mich unter dem Geländer hindurch, klettere über die spitzen Felsen auf die Gipfelkante zu, ein paar Hundert Meter oberhalb der kleinen Felsmulde, die den Sprung meines Bruders so jäh beendete. Mir wird mulmig, meine Höhenangst meldet sich. Vorsichtig lasse ich mich auf die Knie nieder, lege die letzten Meter auf allen vieren zurück. Ein kurzer Blick über den Abgrund, dann reißt mich eine Hand zurück und wirbelt mich herum. Ich schaue in das vor Aufregung gerötete Gesicht eines Mannes mit schütteren Haaren.

»Bist du wahnsinnig, Junge«, schreit er mich an, »willst du dich umbringen!?«

Nein, denke ich, während mir das Blut in den Schläfen pocht, das will ich nicht. Aber ich kenne jemanden, der es getan hat. Ich weiß nicht, warum, aber er hat es getan!

ZEHN

EIN BREITER RÜCKEN HINTER EINER BÜROSTUHLLEHNE. Nackenfalten, dreifach aufgetürmt über einem karierten Hemdkragen. Kopfhaut, die durch kurz geschnittene, grau melierte Haare schimmert. Männerhände, die Karabinerhaken aus einer Kiste nehmen, sie mit einem Lappen reinigen, um sie anschließend in eine zweite Kiste zu werfen. Aus einem Radio dringt bayerische Volksmusik. Der zarte Klang einer Zither. Obwohl die Fenster in der Einsatzzentrale der Bergrettungswache gekippt sind, riecht es nach Männerschweiß.

»Entschuldigung«, sage ich vorsichtig.

Der Mann am Tisch unterbricht seine Arbeit, dreht sich zu mir um. Die Haut in seinem Gesicht ist vom Wetter gegerbt, die feinen Adern auf seinen Wangen verästeln sich wie Weglinien auf einer Landkarte.

»Grüß Gott. Kann ich dir helfen?«

»Ich weiß nicht … Es geht um meinen Bruder.«

»So«, sagt er.

»Ein Unfall«, sage ich. »Er ist beim Klettern abgestürzt. Unterhalb vom Gipfel.«

Er nimmt den letzten Karabiner aus der Kiste und beginnt, ihn mit dem Lappen abzuwischen: »Gipfel haben wir viele hier.«

»Die Zugspitze«, erkläre ich. »Vor zweieinhalb Wochen. Der Hubschrauber hat ihn ins Tal geflogen.«

Nachdenklich betrachtet er den Karabiner in seiner Hand. Blau eloxiertes Aluminium mit Schraubverschluss. Zerkratzt von der häufigen Benutzung.

»Vor zweieinhalb Wochen, sagst du? Ein junger Bursche?«

»Ich hab Fotos«, sage ich und ziehe die Aufnahmen aus dem Rucksack. Er wirft einen Blick darauf, ich sehe ihm an, wie die Erinnerung zurückkehrt. Er nickt.

»Nicht unproblematisch, der Einsatz«, sagt er, »vom Wetter her gesehen. Wir haben Glück gehabt, dass wir ihn überhaupt noch rausgebracht haben. Ich hoffe, es ist gut ausgegangen für ihn.«

»Er ist gestorben«, sage ich. »Vor ein paar Tagen. Wir haben ihn gestern beerdigt.«

»Tut mir leid«, sagt er.

»Vielleicht könnten Sie mir … Ich würde gerne erfahren, wer Sie alarmiert hat an dem Tag?«

»Warum interessiert dich das?«

»Na ja, ich möchte … ich will einfach wissen, wie es passiert ist. Die genauen Umstände.«

»Dazu kann ich dir nichts sagen.«

»Aber Sie brauchen doch bloß nachzuschauen. Sie haben die Unterlagen doch bestimmt hier.«

Mein Blick fällt auf einen grauen Stahlschrank voller Aktenordner. Papprücken, einer neben dem anderen, nach Monaten sortiert.

»Ich glaube, du verstehst mich nicht«, sagt er und faltet den Lappen zusammen. »Mir sind die Hände gebunden. Datenschutz.«

»Ach so«, erwidere ich. »Ja, natürlich.«

Er hebt die Kiste mit den gereinigten Karabinern hoch.

»Wie alt war denn dein Bruder?«, fragt er, als wir zusammen hinausgehen.

»Achtzehn«, sage ich.

»Achtzehn«, wiederholt er und schüttelt den Kopf. »Alles noch vor sich und alles vorbei. Ein Wahnsinn, so was.«

»Trotzdem danke«, sage ich.

Angespannt beobachte ich, wie er die Kiste rüber ins Materiallager trägt. Kaum ist sein massiger Rücken hinter dem Tor verschwunden, renne ich zurück in die Einsatzzentrale. Ich habe nicht viel Zeit. Jetzt muss alles sehr schnell gehen.

Der Stahlschrank mit den Ordnern. April, Mai, Juni. Mich interessiert nur ein einziger, ein ganz bestimmter

Tag. Ich schlage den betreffenden Ordner auf. Nüchterne Aufzählungen zwischen schwarzen Pappdeckeln: Datum, Ort und Zeit des Einsatzes. Anzahl der Rettungskräfte, Art des eingesetzten Materials, Dauer der Bergung. Einteilung der zu bergenden Personen in Leichtverletzte, Schwerverletzte, Tote. Endlich finde ich, was ich suche. Ich aktiviere die Kamerafunktion meines Handys und schaue auf das Display: ein Frauenname, eine Adresse mit Münchner Postleitzahl, eine Handynummer. Ich drücke den Auslöser. Du warst nicht allein, als du dein Leben weggeworfen hast, denke ich. Jemand hat dir dabei zugesehen.

ELF

STUNDEN SPÄTER, ZURÜCK IN MÜNCHEN. ICH SITZE IN DER U-Bahn. Noch zwei Stationen. Ich versuche zu begreifen, was passiert ist, oben auf dem Berg und danach in der Bergrettung. Aber alles liegt wie hinter einem Nebel. Nichts davon berührt mich. Als ginge mich das alles gar nichts an. Ich horche in mich hinein. Das Einzige, was ich wahrnehme, ist diese unheimliche Leere. Blut, das durch Gefäße fließt, ein Körper, der funktioniert wie gewohnt, ein Gehirn, das denkt wie immer. Aber keinerlei Gefühle.

Noch eine Station. Der Waggon schaukelt, die Räder kreischen beim Durchfahren einer Kurve. Hinter meinem Spiegelbild im Fenster rasen die Tunnelwände vorbei. Und plötzlich stürzt die Wand in meinem Kopf in sich zusammen. Einfach so, wie aus dem Nichts. Keine warnenden Risse, kein bröckelnder Staub. Nur ein lautes Krachen, dann ist die Mauer verschwunden. Dahinter blankes Chaos. Fetzen von Gedanken, die durch mein Hirn jagen. Ein Brei aus Worten, Empfindungen, Erinnerungen. Ein wildes Durcheinander aus Stimmen. Die meiner Eltern, die meines Bruders, meine eigene. Wie Granatsplitter rasen sie durch mein Schädelinneres, zerschneiden Gefäße, wühlen sich durch meine Hirnmasse, reißen Stücke daraus hervor, zerfetzen, was sich ihnen in den Weg stellt. Sie höhlen meinen Schädel aus wie einen Kürbis, durchbohren meine Knochen, fahren mir von innen durch die Augenhöhlen. Ich weiß nicht, was schlimmer ist: der Schmerz, den sie verursachen, oder der Schmerz, den sie hinterlassen. Ich schließe die Augen, aber das macht keinen Unterschied. Nichts ändert sich. Der Schmerz bleibt.

»He, du!«, höre ich eine Stimme sagen. Eine Hand stößt mich an der Schulter an.

Ich öffne meine Augen. Vor mir die Umrisse eines Körpers. Weit weg und ganz nah. Es dauert einen Moment, bis ich wieder klar sehen kann. Mir gegenüber sitzt ein älterer Mann. Er trägt eine Windjacke aus Nylon. Aus der Sporttasche auf seinem Schoß schaut der Kopf eines kleinen Hundes hervor. Ein Chihuahua. Schwarze Knopfaugen über der kurzen Schnauze, absurd groß in diesem winzigen Hundegesicht.

»Deine Nase«, sagt der Mann.

»Was?«

»Sie blutet.«

Ich fasse mir ins Gesicht, schaue auf das Blut in meiner Hand. Und fange an zu lachen. Ich weiß nicht warum, ich muss einfach lachen. Ich stehe auf, der Mann nimmt die Knie beiseite, damit mein Blut nicht auf seine Hose tropft. Der Hund bellt. Lachend schiebe ich mich an den beiden vorbei. Ein kurzer Ruck, der U-Bahn-Zug steht. Ich drücke die Türverriegelung auf und lache noch immer.

Als ich die U-Bahn-Station verlasse, lache ich nicht mehr. Dafür habe ich rasende Kopfschmerzen. Der kurze Weg nach Hause war noch nie so lang. Ein einziger Satz, der sich mit jedem Schritt tiefer in mich hineingräbt: Mein Bruder hat sich umgebracht. An seinem Tod ändert das nichts. An meinem Leben alles. Weil er nicht länger als der Bruder gestorben ist, den ich kannte. Weil er jetzt ein anderer für mich ist.

Unser Haus liegt in einer Sackgasse. Zur Straße hin ist das Grundstück von einer niedrigen Mauer eingefasst. Ein kniehoher Sockel aus Bruchsteinen, darauf ein Zaun aus Schmiedeeisen. Mein Vater streicht ihn alle fünf Jahre in demselben dunklen Grün wie die Fensterläden. Die sind aus Kunststoff und müssen nicht gestrichen werden.

Ich lehne mich gegen den Zaun. Die Stille eines Sommerabends. Ein Vorortidyll. Mein Herz pocht. Was soll ich ihnen sagen? »Schönen guten Abend, euer Sohn ist ein Selbstmörder«?

Im letzten Sommer mussten Jakob und ich meinem Vater beim Streichen helfen. Wir haben es gehasst. Ein ganzer Samstag und ein halber Sonntag für zehn Meter Zaun. Erst Abschleifen. Danach mit Terpentin abreiben, um Fettreste zu entfernen. Dann ein Rostschutzanstrich mit Bleimennige. Nach dem Trocknen ein zweites Mal Abschleifen, erneutes Abreiben mit Terpentin und schließlich der eigentliche Anstrich. Den grünen Kunstharzlack hatte mein Vater sich extra mischen lassen. Zur Farbtonbestimmung hatte er einen der Fensterläden ausgebaut und in den Farbengroßhandel mitgenommen. Meiner Mutter zuliebe. Damit die Fensterläden farblich zum Zaun passen und der Zaun zu den Läden.

Jakob war stinksauer. Er wollte mit Max zu einem Konzert, er hatte sich wochenlang darauf gefreut, und jetzt kniete er hier vor dieser bescheuerten Bruchsteinmauer und rollte dunkelgrünen Kunstharzlack auf den Vorgartenzaun. Mein Vater hatte die Stellen, wo die Stützstreben in der Mauer verankert waren, mit Kreppband abgeklebt. Damit die Übergänge »lackfrei« blieben, wie er das nannte. Während Jakob die Rolle fürs Grobe benutzte, sollte ich diese Übergänge mit einem Pinsel lackieren. Vielleicht lag es an Jakobs Wut, jedenfalls geriet er mit der Rolle zu weit nach unten und plötzlich war da dieser Lackfleck auf der Mauer, auf dem Kreppband und darüber hinaus, dort, wo er nicht hingehörte und wo ihn mein Vater mit seinem kritischen Auge sofort bemerkte.

»Was soll das?«, schnauzte er mich an.

»Kann doch mal passieren«, gab ich zurück.

»Was glaubst du, warum ich dir den Pinsel gegeben habe? Meinst du, ich hab das alles zum Spaß abgeklebt?«

»Er kann nichts dafür«, mischte Jakob sich ein. »Ich war das.«

»Dein Bruder baut Mist und du nimmst ihn in Schutz?«

»Ich hab Mist gebaut, nicht er.«

Mein Vater funkelte ihn wütend an.

»Ich weiß nicht, worüber ich mich mehr ärgern soll: darüber, dass du mich anlügst, oder darüber, dass dein kleiner Bruder zu blöd ist, einen Zaun anständig zu streichen.«

Damit verschwand er im Haus. Nach dem Abendessen, als der Lack getrocknet war, kam er mit der Kabeltrommel heraus, schloss eine Flex an und schliff den Lackfleck aus dem Stein.

Ich schaue auf die helle Stelle auf dem Sockel. Ich sehe das Wegplatzen der Lacksplitter, den Schleifstaub auf dem Stein, ich höre das Kreischen der Flex. Es dauert einen Moment, ehe ich begreife, dass das Kreischen in Wirklichkeit das Klingeln meines Handys ist. Ich schaue auf das Display. Der Festnetzanschluss meiner Eltern. Schon das fünfte Mal, dass sie versuchen, mich zu erreichen. Ich drücke auf das Hörersymbol.

»Hallo?«

»Kannst du mir sagen, was das soll?«, schreit mein Vater mich an. Ich drehe mich zum Haus um.

»Ich …«

»Warum gehst du nicht ans Telefon? Hast du eine Ahnung, was mit deiner Mutter los ist?«

Ich kann ihn sehen, wie er wutentbrannt hinter dem Küchenfenster auf und ab geht.

»Tut mir leid, Papa, ich …«

»Wo zum Teufel steckst du?«

»Draußen.«

»Was soll das heißen, draußen?«

»Vor dem Haus.«

Er tritt ans Fenster, sucht mit den Augen nach mir, bis unsere Blicke sich treffen. Ein Mann im Licht der Deckenlampe einer Einfamilienhausküche, grau und verloren, sein zweitgeborener Sohn an den Zaun eines Vorgartens gelehnt, Blut im Gesicht, keine zehn Meter von ihm entfernt und doch meilenweit weg.

»Komm rein«, sagt er leise und lässt den Hörer sinken.

ZWÖLF

WO KOMMT DAS BLUT IN DEINEM GESICHT HER?, FRAGT meine Mutter erschrocken. »Was ist passiert?«

Sie sitzt auf dem schwarzen Ledersessel meines Vaters, eine Decke über den Knien. Im Fernseher vor ihr fällt sich ein junges Paar in die Arme, auf einer Hotelterrasse am Ufer eines Sees, vielleicht der Gardasee oder der Lago di Como, die Sonne lässt das Wasser glitzern, im Hintergrund sind Berge zu sehen. Die Liebenden haben es endlich geschafft, alles war nur ein Missverständnis. Ab jetzt wird das Schicksal ihr Freund sein.

»Nichts ist passiert, Mama«, sage ich. »Nur ein bisschen Nasenbluten, das ist alles.«

Die Abspannmusik des Films in den Ohren, gehe ich rüber in die Gästetoilette, schalte das Licht ein. Ich drehe den Wasserhahn auf, reiße Toilettenpapier von der Rolle, feuchte es an. Mein blutverkrustetes Gesicht im Spiegel über dem Waschbecken. Auf der Ablage liegen Parfumproben. Kleine Glaszylinder, die nach Veilchen riechen oder Moschus. Ich könnte kotzen.

Hast du gehört, was ich zu ihr gesagt habe, Jakob?

Ja, sagt er, *hab ich.*

Ich hab sie angelogen!

Nichts zu sagen ist nicht dasselbe wie Lügen, erwidert er.

Sie hat ein Recht darauf, die Wahrheit zu erfahren, denke ich und wische mir das Blut aus dem Gesicht.

Will sie die denn erfahren?, fragt Jakob. *Und was ist das überhaupt: Wahrheit?*

Sag du's mir, denke ich, *du musst es doch wissen, jetzt, wo du nicht mehr da bist.*

Warum so zynisch, kleiner Bruder?

Ich wüsste nicht, was daran zynisch sein sollte.

Ich drehe das Wasser ab, schalte das Licht aus, gehe die Treppe hinauf.

Ich hab dir schon einmal gesagt, dass es besser ist, bestimmte Fragen nicht zu stellen, sagt Jakob.

Hast du ernsthaft geglaubt, ich würde mich daran halten?

Vielleicht habe ich es gehofft.

Du kennst mich doch.

Eben weil ich dich kenne.

Und Mama und Papa?, frage ich und betrete mein Zimmer. *Was ist mit denen?*

Was soll mit ihnen sein?

Willst du, dass sie weiter an den Unsinn mit dem Unfall glauben?

Ich bin tot, Lenny. Scheißegal, was ich will.

Aber als du noch nicht tot warst – du musst dir doch Gedanken darüber gemacht haben.

Wäre dir ein Abschiedsbrief lieber gewesen?

Ich weiß nicht, denke ich, *irgendwie schon. Es wäre fairer gewesen.*

Der Tod ist niemals fair, erwidert Jakob. *Nicht für die, die zurückbleiben.*

Ich streife meine Schuhe ab, meine Socken, ziehe Pulli und T-Shirt aus, dann meine Hose. Ich merke, wie mir Tränen in die Augen schießen. Ich will nicht weinen. Nicht jetzt, nicht vor ihm.

Was wird jetzt werden?, frage ich. *Wie wird das alles weitergehen?*

Na ja, sagt Jakob und lächelt. *Du wirst eine Scheißwut kriegen, nehme ich an.*

Danke, die hab ich schon.

Tut mir wirklich leid, sagt er, *ganz ehrlich.*

Ich lege mich ins Bett, ziehe die Decke über meinen Körper. Mir ist kalt.

Hast du nicht was vergessen?, fragt er.

Was sollte ich vergessen haben?

Zähne putzen, sagt er. *Das Leben geht weiter.*

Arschloch, denke ich.

Mein Vater kommt herein, setzt sich stumm auf den

Stuhl vor meinem Schreibtisch. Er schaut auf seine Hände, die Finger ineinander verschränkt.

»Also?«, fragt er.

»Also was?«, frage ich zurück.

»Wo warst du?«

»Ist doch egal.«

»Wo du warst!?«

»In Garmisch.«

»Was wolltest du dort?«

»Kannst du dir das nicht denken?«

Ich betrachte ihn. Er sinkt in sich zusammen, den Rücken gebogen wie ein Stück Totholz. Ein Mann, der nicht wahrhaben will, was er längst weiß.

»Es war kein Sturz, Papa«, sage ich ruhig. »Jakob hat sich umgebracht.«

Den Blick auf den Boden gerichtet, schüttelt er unmerklich den Kopf, seine Hände krampfen sich um die Schreibtischkante.

»Warum tust du uns das an?«, fragt er leise. Und nach einem kurzen Schweigen: »Dass du dich nicht schämst.«

»Wofür sollte ich mich schämen? Dafür, dass ich die Augen nicht vor der Wahrheit verschließe, so wie Mama und du?«

»Lass Mama aus dem Spiel!«

»Aus welchem Spiel denn?«, erwidere ich. »Das mit den bunten Pillen? Hand auf, Tablette rein und alles wird gut? Meinst du das?«

»Hör auf!«, schreit er und springt auf. Und schlägt zu. Mein Kopf wird zur Seite gerissen, mein Gesicht brennt. Langsam drehe ich mich zu ihm um. Er starrt mich an, seine Lippen zittern. Er weiß, dass er in diesem Moment die Kontrolle verloren hat. Über sich selbst, über mich und über die Geschichte seines toten Sohnes.

DREIZEHN

ICH SITZE IM BUS. LINIE VIERUNDFÜNFZIG, MÜNCHNER Freiheit bis Lorettoplatz. Ich bin auf dem Weg zu der Frau, die ungewollt in die Geschichte meines Bruders hineingezogen wurde. Rosa Meindl. Ich stelle sie mir vor: klein, rundlich, eine Hausfrau Ende vierzig, in Bergschuhen und einer Funktionsjacke, die sich auf den Ausblick vom Ostgipfel der Zugspitze freut und stattdessen mit ansehen muss, wie ein Junge in einer roten Jacke in den Tod springt.

Vielleicht war es aber auch ganz anders. Vielleicht standen sie beide auf dem Gipfel, die Hände auf das Geländer gelegt. Jakob lächelt ihr zu, sie lächelt zurück. Sie macht eine Bemerkung über die grandiose Aussicht, ehe sie sich nach Westen wendet, zur österreichischen Seite hin, ein kurzer Blick über das Loisachtal rüber zum Rauchwald, und als sie sich wieder umdreht, ist Jakob einfach verschwunden. Das kann nicht sein, denkt sie und starrt auf die Stelle, an der er eben noch stand. Oder sie dreht sich nur deshalb um, weil sie hört, wie sich Steine vom Berg lösen, als sein Körper auf eine Felskante schlägt. Was sie dazu bringt, selber unter dem Geländer hindurchzuklettern, auf den Abgrund zu, bis sie, hundert Meter tiefer, ein Stück seiner roten Jacke sieht.

Vielleicht hat sie ihn aber auch gar nicht gesehen, weil er längst gesprungen war, als sie das Gipfelkreuz erreichte. Vielleicht steht sie einfach nur da und genießt die Aussicht auf den Karwendel und die Dreitorspitze. Der Wind lässt sie frösteln, sie will ihre Jacke zuziehen. Sie greift nach ihrem Reißverschluss, schaut an sich herunter und bemerkt dabei, am Rand einer Felsmulde tief unter ihr, ganz zufällig den leblosen Körper meines Bruders.

Zufall oder nicht, das sind nur Hirngespinste. Bilder in meinem Kopf, die erklären sollen, was sich nicht erklären lässt. Tatsache ist: Ich will das alles nicht wahrhaben, genauso wenig wie mein Vater. Ich habe die Kontrolle verloren, genau wie er.

Am Prinzregentenplatz steige ich aus. Ein blauer Mittagshimmel, der sich in den Fenstern der Häuser spiegelt, rote Dächer, die in der Sonne leuchten. Die Menschen lachen. Um sie herum ist Sommer und in ihnen auch. In mir ist kein Sommer, in mir ist Sturm.

Ich drehe mich im Kreis, ich tappe im Dunkeln. Ich

fühle mich betrogen und wütend. Die Wut wird zur Enttäuschung, die Enttäuschung mündet in Hilflosigkeit, die Hilflosigkeit verwandelt sich in Mitleid, aus dem Mitleid erwächst neue Wut. Dann geht alles von vorne los. Alles hängt mit allem zusammen. Das eine bedingt das andere. Ohne dass ich sagen kann, was zuerst da war. Oder was auf was folgt. Meine Seele ist eine Achterbahn, mein Herz ein Karussell. Und nirgendwo ein Knopf zum Abschalten.

Ich biege in die Mühlbauerstraße ein, dann rechts in die Zaubzerstraße. Das andere Bogenhausen. Nicht das der schönen Villen mit efeubewachsenen Fassaden über Sprossenfenstern und teuren Autos in kopfsteingepflasterten Einfahrten, sondern das der einfachen Mietshäuser. Kleine Wohnungen, enge Zimmer, schmale Flure. Treppenhäuser, die nach Putzmittel riechen, Vorgärten, die von Hecken eingefasst sind. Ich gehe die Brucknerstraße entlang, die Vögel zwitschern, aus offenen Küchenfenstern dringt das Klappern von Töpfen, der Geruch nach Essen. Für einen Moment übertönt der Verkehr vom nahe gelegenen Mittleren Ring das Rauschen in meinem Kopf, dann gewinnt der Sturm wieder die Oberhand.

Ich ziehe mein Handy aus der Tasche, schaue auf das Display. Lisztstraße neunzehn, an der nächsten Kreuzung rechts, das dritte Haus auf der linken Seite.

Die Frau, die mir die Tür öffnet, sieht ganz anders aus als die Frau, die ich mir vorgestellt habe. Größer und jünger. Schulterlange braune Haare mit vereinzelten grauen

Strähnen darin. Dunkle Ringe unter den wasserblauen Augen, feine Falten über den ausgeprägten Wangenknochen, ein bitterer Zug um den Mund. Ich denke: eine Frau, die es nicht leicht hat im Leben.

»Frau Meindl?«

»Ja?«

»Ich hab Ihre Adresse von der Bergrettung in Garmisch.«

»Fall es um eine Spende geht«, sagt sie, »ich hab erst letzte Woche für die Caritas …«

»Nein«, unterbreche ich sie, »um eine Spende geht es nicht.«

»Worum dann?«

»Um Ihren Anruf.«

»Was denn für ein Anruf?«

»Bei der Bergrettung.«

»Ich hab da nicht angerufen.«

»Vor zwei Wochen. Die Sache mit meinem Bruder.«

»Ich weiß wirklich nicht, wovon du redest.«

»Aber Sie haben doch gesehen, wie er …«

»Wie er was?«

»Die Zugspitze«, stammele ich und spüre, wie der Boden unter meinen Füßen wegbricht. »Das Gipfelkreuz.«

»Ich war noch nie auf der Zugspitze. Und deinen Bruder kenne ich auch nicht.«

»Aber der Einsatzbericht«, mache ich einen letzten Versuch. »Die haben sich das doch nicht ausgedacht.«

»Tut mir ja wirklich leid«, sagt sie, »aber das muss ein Missverständnis sein.«

Die Wohnungstür fällt hinter ihr ins Schloss, sekundenlang hallt das metallische Geräusch im Hausflur nach. Benommen gehe ich die Treppe hinunter, das Holzgeländer knarrt unter dem Druck meiner Hände, über eine der steinernen Stufen zieht sich ein Riss.

Kaum habe ich das Haus verlassen, bemerke ich ein Fahrrad, das auf mich zufährt, und auf dem Fahrrad ein Mädchen, das ich schon einmal gesehen habe. Und plötzlich ist alles klar: der Tag der Beerdigung, meine Flucht aus dem Café, der ziellose Weg über den Friedhof. Der kurze Moment, in dem sich unsere Augen getroffen haben, einen Steinwurf von Jakobs Grab entfernt.

Sie wechselt von der Straße auf den Gehsteig, lässt das Fahrrad ausrollen, ihre Füße ruhen still auf den Pedalen. Bis sie mich bemerkt und bremst. Die Hände auf dem Lenker, steht sie vor mir, das Fahrrad zwischen den Beinen. Dieselben kastanienbraunen Haare wie ihre Mutter, dieselben ausgeprägten Wangenknochen. In ihren blauen Augen grenzenlose Überraschung.

»Hallo, Rosa«, sage ich leise.

VIERZEHN

WIR GEHEN RUNTER AN DIE ISAR, EIN JUNGE UND EIN Mädchen. Sie ist größer als ich. Nicht viel, nur ein paar Zentimeter. Sie steht neben mir, aufrecht und unbewegt, schaut auf den Fluss, der in der Sonne glitzert, folgt mit den Augen den Autos, die über die Luitpoldbrücke fahren, lässt ihren Blick hinüberschweifen zu den Häuserfassaden auf der anderen Flussseite. Die Art, wie sie ihr Kinn hält, der kleine Leberfleck über dem rechten Mundwinkel, das durchdringende Blau ihrer Augen. Momentaufnahmen eines Gesichtes. Rosa. Ganz nah und ganz fern.

»Warum sind wir hier?«, fragt sie. »Was willst du von mir?«

Sie hat Angst, denke ich. Sie will sich dem, was sie erlebt hat, kein zweites Mal aussetzen.

»Du bist die Letzte, die meinen Bruder lebend gesehen hat«, sage ich.

Sie zögert, ein kurzes Erstarren, ehe sie sich langsam zu mir umdreht.

»Aber er war doch noch gar nicht tot«, sagt sie.

»Sein Körper vielleicht nicht. Er schon.«

Sie schaut mich an, ohne mich anzuschauen. Sie schaut durch mich hindurch. Dann wendet sie sich wieder dem Fluss zu. Sie wandert zurück in ihre Erinnerung, das sehe ich ihr an. Sie gleicht meine Worte mit dem ab, was sie selbst beobachtet hat, mit den Bildern in ihrem Kopf.

»Er hat gelacht«, sagt sie schließlich.

»Gelacht?«

»Ja«, nickt sie. »Als er gesprungen ist, hat er gelacht.«

Ich stelle ihn mir vor. Jakob, wie er über die Welt schaut, eine Hand am Sockel des Gipfelkreuzes. Ich sehe ihn vor mir, wie er unter dem Geländer hindurchtaucht im aufsteigenden Nebel. Ich sehe seine rote Jacke, er geht mit ruhigen Schritten auf den Abgrund zu.

Ich denke: *Hast du wirklich gelacht, Jakob?*

Ja, sagt er, *das habe ich.*

Warum?, will ich wissen.

Weil ich mich frei gefühlt habe, sagt er, *zum ersten Mal in meinem Leben.*

Frei, denke ich, *was ist das?*

Eine Wahl zu haben, sagt er. Entscheidungen zu treffen.

Das ist alles?, frage ich, *Entscheidungen treffen?*

Ja, sagt Jakob, *das ist alles. Nicht viel vielleicht. Aber mehr, als du denkst.*

Ich sehe ihn vor mir, wie er lachend am Abgrund steht. Seine Jacke flattert im Wind. Er zögert nicht, das ist nicht seine Art. Er atmet ein letztes Mal tief durch, schließt seine Augen, dann lösen sich seine Füße vom Fels.

»Du kannst das nicht wissen«, sage ich zu Rosa, »aber das mit dem Lachen passt zu ihm.«

Sie schaut mich an, wortlos, dann wendet sie sich ab. Ich rieche ihren Duft, die Ahnung eines Parfums. Ich muss an Jana denken, mein Gesicht in ihrem Haar, ihr Atem an meinem Hals. Diese unbekannte Sehnsucht, ausgelöst durch eine Umarmung auf einem Friedhof.

»Ich stelle mir das schrecklich vor«, sage ich, »mit ansehen zu müssen, wie jemand …«

»Er war nicht jemand, er war dein Bruder.«

»Ja, natürlich«, erwidere ich. »Aber für dich … du kanntest ihn ja nicht mal.«

»Nein«, sagt sie leise, »ich kannte ihn nicht.«

Sie fährt sich mit der Hand durchs Haar. Ich stelle sie mir vor, oben auf der Zugspitze, auf dem Weg zum Gipfelkreuz, ohne jede Ahnung von dem, was kurz darauf passieren würde.

»Warst du allein da oben?«

»Wieso fragst du?«

Da ist eine plötzliche Schärfe in ihrem Ton, ein kaum merkliches Zurückweichen. Sie ist wie eine dieser Pflanzen, deren Blätter sich blitzartig einrollen, wenn man sie berührt.

»Im Bericht der Bergrettung stand nur dein Name.«

Sie zögert. Dann sagt sie: »Ich war mit Freunden da. Sie haben was getrunken, als es passiert ist, in dieser Berghütte, im Münchner Haus.«

»Das haben meine Eltern auch gedacht «, sage ich.

»Was?«

»Dass er mit seinen Freunden unterwegs ist. Und in Wahrheit fährt er ganz allein auf den Berg, eine Stunde und dreizehn Minuten. Und niemand bei ihm, mit dem er reden kann. Niemand, der ihn vielleicht noch umstimmen könnte.«

»Glaubst du, er hätte sich umstimmen lassen?«

»Ich hätte es jedenfalls versucht.«

»Du kannst nichts dafür«, sagt sie.

»Ich war nicht da«, erwidere ich. »Als es drauf ankam, war ich nicht da.«

Ich könnte schreien. Mit voller Kraft, bis die Stimmbänder reißen. Die Luitpoldbrücke in die Luft sprengen. Oder meine Hände um den Stiel einer Axt legen und alles um mich herum kurz und klein schlagen. Aber ich schreie nicht. Ich stehe einfach nur da, gefangen in mir, die Fäuste geballt. Bis ich Rosas Hand auf meiner Schulter spüre.

Diesmal schaut sie nicht durch mich hindurch, diesmal schaut sie mich an, offen und unverstellt, ohne ein Wort, als würden wir uns seit ewigen Zeiten kennen. Sie schaut in meine Seele und lässt mich in ihre schauen. Ich kann mich nicht dagegen wehren und will es auch nicht. Ich möchte in diesen Augen ertrinken.

Aber dann sage ich: »Ist schon okay«, ich weiß nicht, warum, und sofort nimmt sie ihre Hand von meiner Schulter und die Nähe zwischen uns löst sich in nichts auf.

Wir schweigen. Vor uns die Isar, sie fließt von rechts nach links, sie fließt zwischen uns hindurch.

»Du hast deiner Mutter nichts von alldem erzählt, oder?«

»Wie kommst du auf meine Mutter?«

»Sie hat überhaupt nicht verstanden, was ich von ihr wollte.«

»Du warst bei ihr!?«, fragt sie erschrocken.

»Dein Name – ich dachte, sie wäre du. Und sie dachte, ich wäre wegen einer Spende für die Bergrettung da.«

Ihr Blick ist plötzlich meilenweit entfernt. Alles Vertraute ist wie weggewischt aus ihren Augen, ihrer Stimme, ihren Gesten.

»Ich muss los«, sagt sie und wendet sich zum Gehen. Stumm schaue ich ihr hinterher, es wäre sinnlos, sie aufzuhalten. Ihr kastanienbraunes Haar schimmert in der Sonne.

»Rosa«, sage ich und lausche dem Klang ihres Namens. Und erwische mich bei dem Gedanken, dass ich sie ohne den Tod meines Bruders nie kennengelernt hätte.

FÜNFZEHN

ICH LASSE MICH DURCH DIE STADT TREIBEN. DIE FUSSgängerzone in der Kaufinger Straße. Hitze, die sich zwischen Häuserzeilen staut. Passanten mit Einkaufstüten, die an mir vorbeihasten. Männer in kurzärmligen Businesshemden, die Krawatten gelockert, ihre Jacketts über den Armen. Ein kleiner Junge, der weint. Vor ihm auf dem Boden eine Kugel Schokoladeneis und eine zerplatzte Waffel. Seine schimpfende Mutter, die ihm die verklebten Finger abwischt. Ein Mädchen auf einer Bank, ihr Handy in der Hand. Der hochgerutschte Saum ihres Kleides auf den gebräunten Oberschenkeln. Eine Gruppe südamerikanischer Musiker. Indios mit bunten Ponchos über den gedrungenen Körpern. Das dumpfe Dröhnen einer Trommel, Lippen, die über Panflöten fliegen, Füße, die den Takt dazu schlagen. Asiatische Touristen, Chinesen oder Japaner, die das Rathaus am Marienplatz fotografieren, das Glockenspiel, die Türme der Frauenkirche.

Bilder sind nur Ausschnitte, denke ich, festgefrorene Zeit. Was rechts und links davon liegt, bleibt verborgen. Man stellt es sich vor, aber man sieht es nicht. Genauso wenig wie das, was sich auf der Rückseite befindet. Leere Stellen, die sich nicht füllen lassen, blinde Flecken. Das Leben ist eine Ansammlung von Fotografien. Wünsche, Erlebnisse, Erfahrungen. Ausgeschmückt und umgedeutet. Was die Erinnerung festhält, ist nicht die Wirklichkeit. Die Wirklichkeit lässt sich nicht festhalten.

Die Geräusche der Stadt, der Geruch des Sommers. Alles wie immer und nichts wie früher. Ich gehöre nicht dazu. Die Welt der anderen dreht sich weiter, meine Welt steht still.

Was macht einen Menschen aus? Es gibt keine Worte, das zu beschreiben. Es gibt nur Annäherungen. Ich sage: Mein Bruder hatte schwarze Haare. Aber die Haare, die ich mir vorstelle, sind nicht dieselben, die meine Mutter sich vorstellt oder mein Vater. Ich sage: Ich kenne meinen Bruder. Aber ich kenne ihn anders als Jana ihn kennt oder Max. Ich sage: Ich sehe meinen Bruder. In Wahrheit sehe ich nur ein Bild von ihm. Mein Bild. Ein Bild, das sich ständig verändert. Wie Sonnenlicht, das sich in einem Prisma bricht. Jedes Zeigen ist ein Verstecken, jedes Verstecken zeigt etwas. Es kommt mir vor, als hätte ich mein Leben lang eine Sonnenbrille getragen. Jetzt nehme ich sie ab und bin so geblendet, dass ich gar nichts mehr sehe.

Darf ich dich was fragen, Jakob?

Na klar.

Wer bist du?

Ich höre ihn lachen: *Meinst du die Frage ernst?*

Sonst würde ich sie nicht stellen.

Hast du diese Panflötentypen gesehen?, fragt er und versucht, witzig zu sein. *Dreißig Grad im Schatten und die stehen da in Winterponchos.*

Ich meine es ernst, sage ich und schaue ihn an. Er weicht meinem Blick aus.

Jetzt komm schon, Lenny, sagt er, *die Frage ist doch albern. Wer soll ich schon sein? Der, der ich immer war.*

Das ist genau mein Problem, denke ich, *der bist du nicht mehr.*

Warum sollte ich plötzlich ein anderer sein?

Weil auf einmal alles anders ist.

Vielleicht siehst du mich einfach nur anders, sagt er. *Und vielleicht ist das ganz gut so.*

Was soll daran gut sein, denke ich, *dass mein Bruder nicht der ist, für den ich ihn gehalten habe?*

Jetzt hör mal auf mit dem Mist!

Wie bitte!?

Dieses gequirlte pseudophilosophische Zeug, sagt er. *Bringt doch nichts.*

Ich such mir meine Gedanken nicht aus, denke ich.

Dann schalte sie ab!
Wie soll das gehen?
Denk an was Schönes, sagt er, *denk an Rosa.*
Was hat Rosa damit zu tun?
Sie hat dir doch gefallen.
Spielt das irgendeine Rolle?
Eine ganz entscheidende.
Nämlich?, frage ich gereizt.
Ich bin tot, sagt er, *du lebst. Also mach was draus!*

SECHZEHN

DIE UNTERGEHENDE SONNE TAUCHT UNSER HAUS IN ROTES Licht. Ich schließe auf und gehe hinein. Das Unglück meiner Eltern liegt auf Möbeln und Wänden wie eine giftige Haut. Ihre Trauer hat alles Lebendige aus den Räumen gesaugt. Statt Luft atmet man Tod. Nicht nur ihr Sohn ist tot, alles ist tot. Das Haus ist wie ein großer Sarg. Als wäre man lebendig begraben.

»Lenny?«, höre ich meinen Vater aus der Küche rufen.

»Ich komme«, erwidere ich und bleibe vor dem Garderobenspiegel stehen. Ich schaue mich an. Wer bin ich?, frage ich mich. Ein sechzehnjähriger Junge, der mit seinem toten Bruder redet. Ich kann ihn sehen und hören, die anderen nicht. Ich weiß, was passiert ist, meine Eltern nicht. Ich könnte mich in die Küchentür stellen und ihnen alles sagen. Ich könnte ihnen von meiner Wut erzählen.

Ich könnte sie zwingen, mir zuzuhören. Aber was hätte ich davon? Sie wollen der Wahrheit nicht in die Augen sehen. Sie versuchen verzweifelt, ihren toten Sohn festzuhalten, während ihnen auch der lebende Sohn immer mehr entgleitet.

Ich betrete die Küche. Meine Eltern sitzen am Tisch und essen.

»Wo warst du?«, fragt mein Vater.

»In der Stadt«, sage ich.

»Einfach so?«

»Ja«, sage ich. »Einfach so.«

»Und was hast du gemacht?«, fragt er weiter, während meine Mutter stumm in ein Käsebrot beißt und verloren vor sich hin kaut.

»Gar nichts«, erwidere ich.

Ich schaue über den Tisch. Jakobs Platz ist wie in den letzten Tagen auch gedeckt. Ein Teller, daneben Besteck, der Serviettenring mit seinem Namen. Als wäre überhaupt nichts passiert.

»Gar nichts?«, fragt mein Vater. In seiner Stimme ein Anflug von Zorn. Der hilflose Versuch, die Dinge unter Kontrolle zu halten.

»Ich war spazieren«, sage ich.

»Mit wem?«

»Allein.«

»Den ganzen Tag?«

»Ja.«

»Du läufst durch die Stadt und überlässt deine Mutter sich selbst?«

»Was würde es ihr helfen, wenn ich bei ihr wäre?«

»Es wäre zumindest ein Zeichen. Dafür, dass es dir nicht egal ist. Dafür, dass du dich um sie kümmerst.«

»Und wer kümmert sich um mich?«

»Jetzt werde bloß nicht unverschämt!«

»Ist doch wahr. Guckt euch die Scheiße doch an. Du lässt sie den Tisch decken, als ob er noch da wäre. Als ob das was nützen würde.«

»Reg dich nicht auf, Ingrid«, sagt er und nimmt ihre Hand. Dabei ist er derjenige, der sich aufregt. Sie isst einfach weiter. In ihren Augen diese merkwürdige Abwesenheit. Als wäre sie gar nicht da. Wahrscheinlich hat er ihr wieder irgendein Beruhigungsmittel gegeben.

»Hast du ihr wieder Tabletten gegeben?«

»Was?!«

»Hat er dir wieder Tabletten gegeben?«, frage ich meine Mutter direkt. Sie antwortet nicht.

»Was denn diesmal?«, rede ich mich in Rage. »*Darvon, Percocet* oder einfach nur *Valium*?«

Sie senkt den Blick, ihre Hände fangen kaum merklich an zu zittern. Mein Vater springt auf.

»Es reicht, Lenny!«, schreit er.

»Stimmt genau, Papa«, sage ich und bin plötzlich ganz ruhig, »es reicht!«

Ich gehe rüber zu Jakobs Platz, lege das Besteck und

den Serviettenring auf den Teller und räume alles mit dem Bastuntersetzer rüber auf die Arbeitsplatte neben der Spüle.

»Er kommt nicht zurück, Mama«, sage ich, »auch wenn ich mir das genauso wünsche wie du!«

Mein Vater starrt mich an, bleich vor Wut. Ich gehe an ihm vorbei. Ich warte darauf, dass ihm die Hand ausrutscht, aber nichts passiert. Wahrscheinlich ist er einfach zu überrascht, um zuzuschlagen.

SIEBZEHN

ICH STEHE IM BAD VOR DEM SPIEGEL. MEIN GESICHT BRENNT. Stirn und Wangen sind gerötet, die Nase auch. Ich presse einen Finger auf die gereizte Haut. Er hinterlässt einen hellen Abdruck.

Klarer Fall von Sonnenbrand, sagt Jakob.

Klugscheißer, denke ich, während meine Augen sich mit Tränen füllen. Das Gefühl zu implodieren. Alles zu viel. Kein Widerstand mehr. Nicht mal mehr Kraft zum Schluchzen. Ich schaue mir in die Augen. Sie laufen über. Die Tränen fließen meine Wangen herab, tropfen ins Waschbecken, versickern im Abfluss.

Vor ein paar Wochen stand Jakob hier. So wie ich jetzt. Die Hände auf dem Rand des Waschbeckens, den leeren Blick in den Spiegel gerichtet.

»Scheiß drauf«, versuchte ich ihn zu trösten, »du weißt doch, wie sie sind.«

»Ich bin achtzehn«, sagte er. »Ich bin volljährig.«

Es hatte Streit gegeben. Jakob hatte sich einen Bartscherer gekauft. So eine Maschine, mit der man sich seinen Dreitagebart stutzen kann. In Stufen einstellbar. Von einem bis neun Millimetern. Er wollte sich damit die Haare schneiden. Ganz kurz. Gemeinsam mit Max. Ein Spaß zur Abiturentlassung. Ein Zeichen dafür, dass etwas Neues anfing.

»Was soll denn das werden?«, hatte meine Mutter gefragt, als sie uns gemeinsam im Bad hatte stehen sehen, während Jakob den Bartscherer aus der Verpackung nahm. Er hatte es ihr erzählt. Arglos, ohne sich das Geringste dabei zu denken. Meine Mutter war ausgeflippt. Die Vorstellung, dass ihr Sohn seine Abiturrede mit millimeterkurzen Haaren halten würde, war unerträglich für sie.

»Warum willst du dich freiwillig verunstalten? Kannst du mir das sagen?«

»Wieso denn verunstalten?«

»Deine wunderschönen Haare.«

»Die wachsen doch wieder, Mama.«

»Was willst du damit beweisen?«, fragte sie und riss ihm den Apparat aus den Händen.

»Gar nichts. Es ist nur ein Spaß, nichts weiter.«

»Ein Spaß? Auszusehen wie ein Verbrecher?«

»Ist doch meine Sache.«

»Und wir, Papa und ich, wir dürfen dasitzen und uns in Grund und Boden schämen.«

»Das hat doch überhaupt nichts mit euch zu tun!«

»Jetzt lass ihn doch«, mischte ich mich ein, aber sie nahm mich gar nicht wahr.

»Wie kann man nur so rücksichtslos sein«, zischte sie wütend. »Und so egoistisch.«

Er schaute sie an, ganz ruhig. Mit Augen, die voll waren von Traurigkeit.

»Es ist mein Leben«, sagte er leise, »nicht deins.«

Sie starrte ihn an, knallte den Apparat auf die Badezimmerablage und ging hinaus. Wir hörten sie die Treppe heruntergehen.

»Sie ruft Papa an«, sagte ich.

»Soll sie doch«, sagte Jakob und schloss den Bartscherer an die Steckdose an.

»Du willst es wirklich tun«, sagte ich.

»Wie viel?«, fragte er. »Einen oder zwei?«

»Ich weiß nicht«, erwiderte ich, »vielleicht lieber ein bisschen länger.«

»Wenn schon, denn schon«, sagte er und stellte den Scherkopf auf einen Millimeter ein.

»Holger?«, hörten wir unten in der Diele meine Mutter schluchzend in den Hörer sagen.

Wir blickten uns an. Jakob schob den Schalter nach oben, der Scherkopf begann zu vibrieren. Er setzte ihn an seinem Hinterkopf an, unten am Haaransatz. Unsere

Augen trafen sich im Spiegel. Ich sagte nichts. Seine Lippen zuckten. Er zögerte, dann ließ er den Arm sinken. Er konnte es einfach nicht.

»Nur ein Spaß, nichts weiter«, sagte er leise.

»Scheiß drauf«, versuchte ich ihn zu trösten, »du weißt doch, wie sie sind.«

»Ich bin achtzehn«, sagte er. »Ich bin volljährig.«

Niedergeschlagen drückte er mir den Bartscherer in die Hand und ging hinaus. Ich schaltete den Apparat aus, legte ihn zurück in die Verpackung. Ich verstaute die Schachtel im Badezimmerschrank, begleitet vom Schluchzen meiner Mutter, die unten in der Diele noch immer mit meinem Vater telefonierte.

Ich schließe die Tür ab, öffne den Badezimmerschrank, nehme die Verpackung heraus. Sie ist nicht schwer. So ein Bartscherer wiegt nicht viel. Ich betrachte das durchtrennte Klebesiegel über der Papplasche, öffne die Schachtel, nehme den Apparat heraus. Die Markierung steht auf einem Millimeter. So, wie Jakob sie eingestellt hat. Ich schließe das Netzkabel an, schiebe den Stecker in die Steckdose. Ich schalte den Bartscherer ein. Er vibriert in meiner Hand. Ich schaue in den Spiegel, wische mir die Tränen aus dem Gesicht, dann setze ich den Apparat vor meinem rechten Ohr an. Das Brummen der Maschine dringt durch meinen Schädel. Ich spüre es bis in meine Zähne. Ein britzelndes Geräusch, als der Scherkopf die ersten Haare erfasst. Langsam führe ich den Apparat quer über meinen Kopf, er hinterlässt eine schmale Schneise auf meinem Schädel. Die Kopfhaut schimmert hell unter den blonden Stoppeln hindurch. Meine Hand ist ganz ruhig, auch wenn mein Herz wie wild klopft. Ich setze den Scherkopf erneut an. Ein Stückchen weiter vorne, zur Schläfe hin. Von unten nach oben. Ich lasse die zweite Schneise mit der ersten überlappen. Es geht leichter als ich dachte. Und schneller. Die abgeschnittenen Haare rieseln ins Waschbecken. Wie Löwenzahnflaum, von einem Kindermund in den Sommerhimmel geblasen. Es ist Jakobs Mund. Er hält eine Pusteblume in der Hand. Er lacht. Wir stehen auf einer Wiese. Eine Ostseeinsel im Sommer, Ferien auf dem Bauernhof, vereinzelte weiße Wolkenbäusche im strahlenden Blau des Himmels.

Ich führe die Maschine über meinen Scheitel. Mein Kopf wird zu einem Roggenfeld, der Bartscherer verwandelt sich in einen Mähdrescher.

Ich sitze mit Jakob in der Fahrerkabine. Jenseits des Feldes die Ostsee, silbern glitzernd zwischen Erde und Himmel. Unter uns die sich drehende Haspel, die den Roggen in das ratternde Schneidwerk zieht. Um uns der Staub des geschnittenen Korns, der an den Scheiben der Kabine vorbeifliegt. Das Dröhnen des Motors. Die Stimme des Bauern, der uns alles erklärt. Unsere vor Begeisterung glühenden Kindergesichter.

Das letzte Büschel Haare, das der Scherkopf abtrennt,

dann ist es vorbei. Ich schalte den Apparat ab. Alles wird still.

Zwei kleine Jungen an einem Dorfteich. Eben ist die Sonne untergegangen. Der Ältere legt seinem jüngeren Bruder den Arm um die Schulter. Schweigend lauschen die beiden dem Quaken der Frösche.

Ich blicke in den Spiegel, schaue mich an, fahre mir mit den Händen über den rasierten Schädel. Mein Kopf ein weites Feld.

Du bist verrückt, sagt Jakob.

Hoffentlich, sage ich und sehe, wie sich mein Mund zu einem Grinsen verzieht.

»Lenny?«

Die Stimme meines Vaters vor der Badezimmertür. Die Klinke, die heruntergedrückt wird.

»Was denn?«, frage ich.

»Das geht so nicht!«

»Was geht so nicht?«

»Die Art, wie du dich Mama gegenüber … Sie schafft das nicht, wenn wir nicht zusammenhalten.«

Und ich?, denke ich. Was ist mit mir?

Ich schiebe meine Haare im Waschbecken mit den Fingern zusammen. Mit dem Fuß hebe ich den Toilettendeckel hoch. Er knallt gegen den Spülkasten. Ich werfe die Haare in die Schüssel.

»Hast du gehört, was ich gesagt habe?«, fragt mein Vater und rüttelt erneut an der Klinke.

»Ich bin nicht taub, Papa.«

»Mach endlich die verdammte Tür auf!«

»Moment noch«, sage ich und betätige die Spülung. Ich schaue zu, wie das Wasser meine Haare mit sich in die Tiefe zieht. Ich drehe den Schlüssel im Türschloss. Mein Vater reißt die Tür auf. Er will etwas sagen, aber die Worte bleiben ihm im Hals stecken. Er glotzt mich an, fassungslos, ohne jedes Begreifen.

»Bist du völlig verrückt geworden?«, fragt er heiser, als hätte jemand seine Stimmbänder mit Schmirgelpapier aufgeraut.

»Einer muss es ja sein«, sage ich.

ACHTZEHN

ICH VERSUCHE EINZUSCHLAFEN, ABER ES GELINGT MIR nicht. Mein Zimmer ist eine Wüste. Mein ausgezehrter Körper liegt auf heißem Sand, meine Muskeln sind verdorrt, meine Haut wie rissiges Leder. Mein Zimmer ist der Ozean. Reglos schwebe ich über dem unsichtbaren Grund, Arme und Beine aufgequollen, die Adern mit Salzwasser gefüllt. Mein Zimmer ist voller Schnee. Ich bin unter einer Lawine begraben. Eiseskälte, die auf meine Brust drückt, mir die Luft aus den Lungen presst. Ich ersticke. Und ertrinke dabei. Und warte darauf, zu verdursten.

Nichts gilt mehr, alles verändert sich. Die Welt ist ein schwarzes Loch. Ich reiße die Bettdecke von meinem Körper, ziehe mir ein T-Shirt an, schlüpfe in meine Hose. Mein Schädel pocht wie verrückt.

Warum hast du das getan?

Ich trete hinaus in den dunklen Flur, gehe die Treppe hinunter ins Wohnzimmer. Meine nackten Füße auf den Bodenfliesen.

Wieso habe ich nichts gemerkt?

Ich schalte die Stehlampe neben dem Sessel meines Vaters an, ziehe die Alben mit den Kinderfotos aus dem alten Kirschholzschrank.

Wer bist du, Jakob? Wer?

Die erste Aufnahme zeigt ihn am Tag seiner Geburt. Er liegt auf der Brust meiner Mutter, ein winziges Bündel Mensch, violette Haut, zugekniffene Augen, das faltige Gesicht eingerahmt von schwarzem Haar. Meine Mutter lächelt in die Kamera, erschöpft von der Anstrengung der Entbindung, dunkle Ringe unter den Augen. Ein Bild, das von Schmerzen erzählt und Glück. Das Einzige, was daran nicht stimmt, ist die merkwürdig glatt gestrichene Bettdecke. Ich stelle mir meinen Vater vor, wie er durch die Kamera schaut, die Blende einstellt, die Schärfe prüft. Und unmittelbar vor dem Auslösen mit seiner freien Hand die Bettdecke glatt streicht. Nicht mal in einem der schönsten Momente seines Lebens verliert er die Kontrolle. Unter dem Foto steht: *Jetzt sind wir eine richtige Familie!*

Ich blättere durch das Album. Jakob auf der Schaukel im Kindergarten. Mein Vater, der mit ihm einen Schneemann baut, meine Mutter, die ihn mit Backformen Plätzchen auf einem Teigblech ausstechen lässt. Oder das

Kinderfoto, auf dem wir zusammen im Bett liegen. Jakob in seinem hellblauen Pyjama mit den aufgedruckten sandfarbenen Teddybären. Das Sonnenlicht, das durchs Fenster fällt, streift unsere Körper. Jakob hält mich von hinten umfasst. Er schaut lachend in die Kamera. In seinem Lachen liegt Stolz. Der große Bruder, der den kleinen Bruder beschützt.

Das war das Bild, das ich immer von ihm hatte: dass er mich beschützt. Jetzt habe ich dieses Bild nicht mehr. Mein Blickwinkel hat sich verschoben. Je länger ich die Fotos betrachte, desto mehr löst sich mein Bruder in seine Einzelteile auf. Ich suche nach Anhaltspunkten. Traurigkeit hinter seinem Lachen, Schwermut hinter seiner Leichtigkeit. Ich will wissen, was ihn dazu gebracht hat, mit einer Zahnradbahn auf die Zugspitze zu fahren.

Ich nehme die DVDs aus dem Schrank. Alte Videoaufnahmen, die mein Vater digitalisiert hat. Jakob an seinem ersten Schultag. Er hält seine Schultüte in der Hand. Auf dem Rücken trägt er seinen Schulranzen. Er steht auf dem Hof seiner Grundschule in Laim.

»Genau, wie wir es besprochen haben«, höre ich meinen Vater sagen.

Jakob nickt und blickt auf seine Füße.

»Aber in die Kamera«, sagt mein Vater. »Genau hier rein.«

Einer seiner Finger taucht unscharf vor dem Objektiv auf.

»Und schau nicht so traurig. Wie soll Oma sich freuen, wenn du so schaust?«

Jakob versucht sich ein Lächeln abzuringen, ein kleiner Junge in Sandalen und kurzen Hosen, mit einem viel zu großen Schulranzen auf dem Rücken.

»Hallo, Oma«, sagt er stockend in die Kamera, »also, das hier ist meine Schule, und gerade war ich da drin, und meine Klasse ist die …«

»1 b«, flüstert mein Vater.

»1 b. Und meine Klassenlehrerin heißt Frau …«

»Förster.«

»Frau Förster«, sagt Jakob in die Kamera. »Und es war ganz …«

Er gerät ins Stocken, senkt verunsichert den Blick.

»Was ist denn?«, sagt mein Vater. »Warum redest du nicht weiter?«

Jakobs Lippen zittern, er fängt an zu weinen. Meine Mutter tritt ins Bild, ein Papiertaschentuch in der Hand. Sie beugt sich über ihn, wischt ihm die Tränen aus dem Gesicht. Er schmiegt sich an sie, seine Kinderhände schlingen sich um ihren Hals. Er will das alles nicht, das sieht man ihm an.

»Jetzt ist aber gut«, sagt mein Vater.

Meine Mutter löst Jakobs Hände von ihrem Hals, fährt ihm mit den Fingern durchs Haar, richtet ihm den Scheitel.

»Wir wollen doch nicht ewig hier stehen«, sagt mein

Vater. »Ein kleiner Gruß für deine Oma, das wirst du ja wohl hinkriegen.«

Meine Mutter tritt wieder zu meinem Vater hinter die Kamera. Jakob schaut ihr hinterher.

»Und nicht die gute Laune vergessen«, sagt mein Vater.

»Hallo, Oma«, sagt Jakob in die Kamera und lächelt gequält. »Das hier ist meine Schule und meine Klasse ist die 1 b und meine Klassenlehrerin heißt Frau Förster und es war ganz toll. Alle sind nett. Tschüss, Oma.«

»Winken«, flüstert mein Vater.

Und Jakob winkt in die Kamera. Das eingefrorene Lachen auf seinen Lippen, seine linkischen Bewegungen. Er wirkt wie eine Marionette.

»Fertig?«, fragt er unsicher.

»Na ja«, sagt mein Vater.

»Ganz toll«, sagt meine Mutter und nimmt ihm die Schultüte aus der Hand und den Schulranzen vom Rücken.

Es tut weh, dich so zu sehen, Jakob.

Es tat weh, sich so zu fühlen.

Warum hast du das mit dir machen lassen?

Was hätte ich tun sollen? Wie wehrt man sich mit sechs, wenn man seinen ersten Schultag hat und keiner kapiert, warum man sich nicht darüber freut?

Ich hab mich gefreut, denke ich.

Du bist nicht ich, sagt er. *Jeder spielt seine Rolle.*

Ja, denke ich, *jeder spielt seine Rolle.*

Alles hat seinen Preis, sagt er. *Weiß man nur leider als Kind nicht.*

Weiß man's später?, frage ich.

Kommt drauf an, sagt er und lächelt versonnen, *die meisten wollen es auch später nicht wissen.*

NEUNZEHN

ICH STEHE VOR JAKOBS TÜR. DASSELBE BRAUNE FURNIER wie bei den übrigen Türen im Haus. Eschenholz. Meine Hand liegt auf der Klinke, kaltes Metall unter meinen Fingern. Drück sie runter, denke ich, aber ich kann nicht. Ich weiß nicht, wie lange ich schon so dastehe. Taubheit kriecht meinen Arm hinauf, meine nackten Füße sind wie erfroren. Die Stille im Haus ist unerträglich.

Aus dem Schlafzimmer meiner Eltern dringt das Seufzen meiner Mutter. Das Bett knarrt leise, als sie aufsteht. Wahrscheinlich muss sie auf die Toilette. Ein paar Sekunden noch, dann wird sie vor mir stehen und angesichts meines geschorenen Schädels in Tränen ausbrechen.

Ich überwinde mich und drücke die Klinke herunter. Kaum habe ich die eine Tür hinter mir geschlossen, höre ich, wie sich die andere öffnet. Meine Mutter kommt in den Flur. Ihre Hand, die über die Raufasertapete tastet, ihre Finger, die auf den Lichtschalter drücken, ihre tapsenden Schritte, die unvermittelt innehalten, mir gegenüber, auf der anderen Seite der Tür. Ich kann ihren Atem nicht hören, aber ich spüre ihn. Ihr Ehering, der über das Metall der Klinke kratzt. Ich weiche zurück. Langsam schiebt sich die Tür auf mich zu, Licht fällt herein. Vorsichtig spähe ich hinter dem Türblatt hervor. Das Flurlicht auf ihrem knochigen Rücken, ihre Schulterblätter, die sich unter dem dünnen Stoff des Nachthemds abzeichnen, sie sieht aus wie ein kleines Mädchen. Einen Moment lang steht sie einfach nur reglos da, dann beginnt sie leise zu summen. Ich kenne die Melodie. *Bajuschki baju.* Ein russisches Kinderlied, das schönste der Welt. Sie hat es Jakob und mir zum Einschlafen vorgesungen. Ich schließe meine Augen und für einen kurzen Augenblick ist alles so wie früher. Ich bin ein kleiner Junge. Ich drücke mich in mein Kissen, die Bettdecke bis zum Kinn hochgezogen. Das Gefühl von Zugehörigkeit und Geborgenheit. Als ich die Augen wieder öffne, ist das Summen meiner Mutter verstummt, die Melodie verflogen. Ich bin allein.

Ich drücke auf den Schalter der Schreibtischlampe. Ich sehe meinen Bruder vor mir sitzen, über seine Schulbücher gebeugt, in der Hand einen Füller. Er schreibt Vokabeln in ein kleines Heft. Ich sehe ihn auf dem Boden knien. Einer seiner Socken ist ihm halb vom Fuß gerutscht, aber das merkt er nicht. In sich versunken, baut er an einem Auto aus Legosteinen. Man kann Türen und Motorhaube öffnen. Alle vier Räder lassen sich lenken.

Weißt du noch, Jakob, das Auto mit der Allradlenkung?

Klar weiß ich das noch. Die vorderen nach rechts und die hinteren nach links.

Du hast stundenlang daran gebaut. Du warst so stolz drauf.

War ja auch nicht ganz einfach.

Einzelradaufhängung, denke ich. *Selbst die Federung hat funktioniert.*

Aufgebogene Kugelschreiberfedern, sagt er und lacht.

Du hast immer irgendwas erfunden.

Darum ging's doch, sagt er, *was zu erfinden.*

Eine eigene Welt, denke ich.

Wirst du wieder kitschig?, fragt er.

Warst du damals glücklich?, frage ich zurück.

Wahrscheinlich schon.

Wahrscheinlich?

Damals wusste ich nicht, was das ist: Glück.

Und heute?

Heute stellt sich die Frage nicht mehr.

Für dich vielleicht nicht, sage ich, *für mich schon.*

Ich öffne seinen Schrank. Als könnten die Antworten, nach denen ich suche, in einem Kleiderschrank zu finden sein. Pullover, T-Shirts, Jeans. Die weinrote Kapuzenjacke, die schwarzen *Vans.* Seine Hockeyklamotten. Das Trikot trägt die Nummer siebenundfünfzig. Münchner SC. Offensives Mittelfeld. Es gab Angebote von Clubs aus der Ersten Bundesliga. Er hat sie abgelehnt.

Mama war eben hier.

Ja, erwidert Jakob.

Bajuschki baju.

Hab's gehört.

Ich lege mich auf sein Bett. Ich vergrabe mein Gesicht in seiner Bettwäsche. Sie riecht noch immer nach ihm.

Es ist nur ein Bett, sagt er.

Es ist dein Bett, Jakob!

Warum müsst ihr nur alle immer so wahnsinnig sentimental sein?, fragt er.

Oder kitschig, denke ich.

Oder kitschig, nickt er und lacht wieder. Erst versuche ich mitzulachen, aber dann merke ich, wie ich wütend werde.

Du behauptest, dass das alles kitschig oder sentimental ist, denke ich. *Was, wenn es dabei einfach nur um Liebe geht?*

Lass gut sein, Lenny.

Nichts lasse ich gut sein, gar nichts! Meine Wut wächst. Ich denke: *Und wenn du die Liebe einfach nicht erträgst?*

Was weiß ich, sagt er leise, *vielleicht.*

Ist das alles?, frage ich. *Ein beschissenes »vielleicht«?*

Was willst du denn noch?

Dass du mit der Rumeierei aufhörst!, sage ich, und die Wut in mir füllt meine ganze Brust. *Wenn es unangenehm wird, weichst du aus. Wenn ich Antworten will, verweigerst du sie.*

Wenn ich dich nach der Wahrheit frage, sagst du, es gibt sie nicht. Aber vielleicht gibt es sie ja doch und sie ist ganz simpel: Vielleicht hast du dich einfach nur verpisst!

Ich warte darauf, dass er sich wehrt. Dass er mich mit Worten an die Wand drückt. Dass er mir sagt, dass ich mich irre. Aber er sagt nichts von alldem. Er schweigt einfach nur.

Ich gehe rüber zum Schreibtisch. Ich ziehe die Schubladen auf. Hefte, Papiere, Notizen. Ich hole alles raus, schaue mir alles an. Blatt für Blatt. Aber nirgendwo ein Hinweis, eine Andeutung, ein Zeichen. Ein Mensch, der verschwindet, ein Weg, der ins Nichts führt. Fußabdrücke auf einem Feld, von einer Schneewehe verweht. Spuren in der Wüste, von einem Sandsturm überdeckt. Sohlen im Matsch, von einem Platzregen ausgelöscht.

Du hättest dich mir anvertrauen können, denke ich. *Du hättest mich für dich der sein lassen können, der du immer für mich warst. Stattdessen hast du dich vor mir versteckt. Vor mir, vor Mama und Papa, vor der ganzen Welt!*

Ich will die Lampe ausschalten. Mein Blick fällt auf seinen Laptop. Ich klappe ihn auf und schalte ihn ein. Auf dem Display erscheint ein Fenster mit der Aufforderung, ein Passwort einzugeben. Ich versuche es mit seinem Namen und seinem Geburtsdatum. Nichts. Ich drehe die Reihenfolge um. Erst das Geburtsdatum, dann der Name. Wieder nichts.

Jetzt komm schon, Jakob, sag's mir.

Keine Antwort. Nur sein Schweigen und das leise Surren der Festplatte unter einem grauen Gehäusedeckel.

ZWANZIG

EIN SCHMUCKLOSER KASTEN AUS GRAUEM BETON. DIE Schule, die wir sechs Jahre lang jeden Morgen gemeinsam betreten haben. Jetzt bin ich allein. Ich bin zu spät, der Unterricht hat schon begonnen. Die Gänge sind leer. Frisch gebohnertes Linoleum, in dem sich die Fensterflächen spiegeln, die Blätter der Bäume vor dem Gebäude. Die Türen der Klassen- und Kursräume sind seidenmatt lackiert. Taubenblau. Darauf Nummern aus Klebefolie. Auch blau, aber dunkler. Zwei Punkt siebzehn. Zweiter Stock, Raum siebzehn. Eine Doppelstunde Mathematik. In einer Woche schreiben wir die Zentrale Abschlussprüfung der zehnten Klasse.

Ich fahre mir mit der Hand über den Schädel. Meine Finger streichen über die Stoppeln. Ein Millimeter. Meine Mutter hat angefangen zu weinen, als ich zum Frühstück runterkam. Sie hat es nicht verstanden. Ich verstehe es ja selbst nicht.

Ich öffne die Tür, meine Hände schwitzen. Ich tue so, als wäre nichts. Den Kopf gesenkt, gehe ich rüber zu meinem Platz.

»Hallo, Lenny«, sagt Frau Albrecht. »Schön, dass du wieder da bist.«

Ich nicke ihr zu und denke: Was für ein beschissener Satz!

»Cooler Schnitt«, sagt Fabian zu mir und kippelt auf seinem Stuhl nach hinten.

Halt deine Klappe, denke ich.

»Ganz ehrlich«, fährt er ungerührt fort. »Macht dich älter. Verleiht dir so was Knastmäßiges.«

Wir konnten uns noch nie leiden. Einen wie ihn gibt es in jeder Stufe. Von Beruf Sohn. Sein Vater ist Strafverteidiger. Eine Villa in Grünwald, ein Ferienhaus am Gardasee. An den Wochenenden fährt er zum Surfen dorthin. An seinem achtzehnten Geburtstag werden seine Eltern ihm ein Cabrio schenken. Er weiß das jetzt schon. Er findet das ganz normal.

»Oder geht's dabei um Trauerarbeit?«, fragt er. »Haare ab zur Sterbebewältigung? So 'ne Art innere Reinigung?«

Er genießt das Gift in seinen Worten. Ich schaue nach vorne. Frau Albrecht schreibt Zahlenkolonnen an die Tafel. Die Kreide knirscht über den grünen Untergrund. Okay, Arschloch, denke ich und trete von hinten gegen seinen kippelnden Stuhl. Die Stuhlbeine rutschen weg. Fabian verliert die Balance, seine Arme rudern in der Luft, sein Mund steht offen. Er kippt nach hinten weg, stößt mit dem Kopf gegen den hinter ihm stehenden Tisch, sein Unterkiefer knallt ihm auf die Brust. Man kann seine Zähne zusammenschlagen hören. Mühsam rappelt er sich hoch.

»Auf die Zunge gebissen?«, frage ich. Mein Mund verzieht sich zu einem Grinsen. Die anderen starren mich an, Frau Albrecht starrt mich an. Ich nehme die Mathesachen aus meinem Rucksack und lächele ihr freundlich zu.

Der Unterricht zieht an mir vorbei wie ein Schiff im Nebel. Das verstohlene Geflüster der anderen, ihre Wortmeldungen, die Erklärungen von Frau Albrecht. Nichts davon erreicht mich. Ich schaue aus dem Fenster, beobachte die Vögel in den Bäumen. Ich lasse mich treiben in einem Meer aus Bildern und Worten. Die Welt ist eine Endlosschleife, ohne Anfang und ohne Ende. Bis Rosa in meinen Gedanken auftaucht. Rosa mit den kastanienbraunen Haaren. Rosa, die größer ist als ich und die ich vermisse, obwohl ich sie gar nicht kenne. *Mach was draus,* hat Jakob gesagt. Ich ziehe mein Handy aus der Tasche, suche ihre Nummer in der Anrufliste, speichere sie im Adressbuch. Dann rufe ich das Nachrichtenmenü auf und schreibe ihr unter dem Tisch eine SMS: *Ich würde dich gerne wiedersehen.* Meine Finger zittern beim Tippen, mein Herz schlägt schneller. Ich drücke auf Senden. Das Leben kehrt zu mir zurück.

Es klingelt zur Pause. Ich lasse mir Zeit. Ich klappe mein Buch zu, schiebe es langsam zurück in den Rucksack. Ich stehe erst auf, als Fabian und die anderen den Raum verlassen haben.

»Lenny?«

Frau Albrecht kommt auf mich zu.

»Ich würde gerne kurz mit dir reden.«

»Worüber?«

»Über dich.«

»Stimmt was nicht mit mir?«

»Fabian hätte sich einen Zahn ausschlagen können.«

»Hat er aber nicht«, sage ich und will an ihr vorbei. Sie legt mir eine Hand auf den Arm.

»Ich weiß, wie du dich fühlst«, sagt sie mit diesem verständnisvollen Ton in ihrer Stimme.

Ich denke: Wenn Sie weiter so rumsülzen, muss ich kotzen.

»Es ist schwer, so was zu akzeptieren«, sagt sie.

Ich denke: Sie wissen doch gar nicht, was passiert ist.

»Was meinen Sie damit?«, frage ich.

»Den Tod«, sagt sie.

Ich denke: Ach du Scheiße, jetzt geht das los.

»Keine Sorge«, sage ich, »ich krieg das schon hin.«

»Wenn du noch ein bisschen Zeit brauchst … Du kannst die Klausur auch gerne nachschreiben.«

Ich denke: Schieben Sie sich Ihre blöde Klausur doch sonst wohin.

»Danke«, sage ich. »Echt nett von Ihnen.«

»Ich mochte deinen Bruder sehr«, sagt sie.

Ich denke: Wer nicht?

»Das Leben ist manchmal grausam«, sagt sie. »Und ungerecht.«

Ich frage mich: Ist das Leben ungerecht oder nur die Menschen, die es führen?

»Kann sein«, sage ich.

»Vielleicht gönnst du dir einfach noch ein paar Tage«, sagt sie.

»Haben Sie Angst davor, dass ich noch jemanden vom Stuhl haue?«

»Bitte?« Sie schaut mich irritiert an.

»War nicht ernst gemeint«, sage ich. »War nur ein Spaß.«

EINUNDZWANZIG

LACHEN, PLAPPERN, SCHIMPFEN, SCHREIEN: DER SCHULHOF ist voller Stimmen. Die Kleinen spielen Fußball, die Großen stehen rauchend vor dem Schultor. Jana ist auch dabei. Ein Jahr jünger als Jakob, ein Jahr älter als ich. Neben ihr zwei Freundinnen, die lachend herumalbern und sich Geschichten erzählen. Jana lacht nicht.

»Hey«, sage ich.

Sie dreht sich zu mir um. Der Gong meldet das Ende der Pause. Die Gruppe vor dem Tor löst sich auf. Auch Janas Freundinnen machen sich auf den Weg in den Unterricht.

»Willst du nicht mit?«, frage ich.

»Und du?«, fragt sie zurück.

»Sie haben mir noch ein paar Tage gegeben«, sage ich.

»Was hast du mit deinen Haaren gemacht?«

»Abrasiert. Hab mir überlegt, einen Pulli daraus zu stricken.«

»Wollte Jakob auch.«

»Sich einen Pulli stricken?«

»Das mit den Haaren.«

»Ich weiß«, sage ich. »Am Ende hat er sich nicht getraut.«

»Darf ich?«, fragt sie und streicht schüchtern über die Stoppeln auf meinem Kopf. Sie lächelt verloren. »Steht dir gut.«

»Findest du?«

»Sonst würde ich's nicht sagen.«

Sie zieht eine Zigarettenschachtel und ein Feuerzeug aus der Tasche.

»Auch eine?«

»Ich rauche nicht.«

Sie zündet sich eine Zigarette an, zieht den Rauch tief ein, stößt ihn hastig aus. Sie wirkt abwesend. Ihr Blick streift über die Straße, wandert über die Häuser, bleibt irgendwo im Himmel hängen.

»Du vermisst ihn sehr.«

»Du nicht?«, fragt sie und nimmt einen weiteren Zug.

Ich antworte nicht. Was sollte ich darauf auch antworten?

»Entschuldige« sagt sie. »Bescheuerte Frage.«

Ich schaue sie an. Ihr dunkelblondes Haar. Die bernsteinfarbenen Augen, in denen sich das Sonnenlicht bricht.

Ich kann verstehen, dass Jakob sich in sie verliebt hat. Ich drehe mich zum Schulhof um. Eben noch voll, jetzt ganz leer. Und ganz still.

»Musst du nicht gehen?«, frage ich.

»Physik«, sagt sie. »Da kann ich sowieso nichts reißen.«

Wieder dieses verlorene Lächeln. Die kleinen Grübchen, die sich dabei neben ihren Mundwinkeln bilden. Die Wölbung ihrer Wangen. Das Aufwerfen ihrer Lippen beim Ausstoßen des Zigarettenrauchs.

»Erzähl mir von Jakob«, sage ich.

»Was?«

»Erzähl mir von ihm!«

»Du kennst ihn doch viel besser als ich.«

»Glaubst du? Ich weiß es nicht, ich bin mir da nicht mehr sicher.«

Sie wundert sich. Sie versteht nicht, was ich damit meine. Das verrät ihr unsicherer Blick. Die Muskeln in meinem Hals ziehen sich zusammen, meine Schultern verkrampfen.

Soll ich es ihr sagen, Jakob?

Warum fragst du mich das?

Soll ich?

»Was ist denn?«, fragt Jana. »Du guckst so komisch.«

»Nichts«, sage ich. »Alles okay.«

Wir schweigen. Ich betrachte sie. Die Art, wie sie die Zigarette hält. Sie hat wunderschöne Hände, lang und schlank.

»Meinst du, es liegt an mir?«, zerbricht sie die Stille zwischen uns.

»Was?«

»Dass es nicht geklappt hat.«

»Du meinst, mit Jakob und dir?«

Sie wendet sich von mir ab, fährt sich flüchtig mit der Hand über den Mund, dann durch ihr Haar. Ihre Augen schweifen ins Leere.

»Ich hab ihn von mir weggetrieben.«

»Wie kommst du darauf?«

»Dabei hab ich genau gespürt, wie ängstlich er war.«

»Ängstlich?«

»Sich fallen zu lassen«, sagt sie. »Den Augenblick zu genießen. Einfach nur da zu sein. Ich hab ihm nicht die Zeit gegeben, die er gebraucht hätte.«

In ihren Augenwinkeln sammeln sich Tränen, die sie sich mit den Fingern vorsichtig abtupft. Sie ist durchsichtig wie Glas, denke ich, und genauso zerbrechlich.

»Ich glaube, du irrst dich«, sage ich. »Es lag nicht an dir. Er …«

Ich rede nicht weiter. Ich will nicht darüber sprechen.

»Was denn?«, hakt sie nach. »Jetzt sag schon. Bitte!«

»Er hat mir erzählt, dass er bei dir war.«

»Und weiter?«

»Er hat gesagt, dass es wunderschön war. Und dass er sich sein erstes Mal nicht schöner hätte vorstellen können.«

»Sein erstes Mal? Das hat er gesagt?«

»Ja.«

Sie dreht sich zu mir um. In ihrem Blick Erstaunen und Unverständnis.

»Aber es gab kein erstes Mal.«

»Gab es nicht?«

»Nein.«

»Warum hat er es mir dann erzählt?«

Sie antwortet nicht. Traurigkeit überschwemmt ihr Gesicht. Ihre Lippen werden spitz. Die Haut über ihrer Nasenwurzel kräuselt sich. Zwischen ihren Augenbrauen eine Falte, die vorher nicht da war.

»Ich hab es mir so gewünscht«, sagt sie, »so sehr. Und dann …«

»Und dann was?«

»Es ging nicht.«

»Was heißt das: Es ging nicht?«

»Er konnte nicht.«

Ich schaue sie ungläubig an. »Willst du damit sagen …?«

»Wir haben es versucht. Ich dachte, es wäre die Aufregung. Oder dass ich es einfach nicht so machte, wie es ihm gefiel. Aber dann …«

Sie beendet den Satz nicht.

»Was dann?«, frage ich.

»Er fing plötzlich an zu reden. Einfach so. Wie aus dem Nichts. Er hörte überhaupt nicht mehr auf.«

»Und worüber hat er geredet?«

»Über alles. Über sich, sein Leben, die Situation zu Hause. Das mit eurer Mutter.«

»Die Sache mit den Tabletten?«

Sie nickt. »Ich hab ihn nicht gedrängt, es mir zu erzählen, es brach einfach so aus ihm raus. Ich dachte, wieso macht er sich solche Sorgen? Ich hab ihm gesagt, du bist nicht verantwortlich. Aber er hat nur den Kopf geschüttelt und gesagt, du verstehst das nicht. Niemand versteht das.«

Ich schon, denke ich.

»Und dann?«, frage ich.

»Er sagte, alles sei kompliziert. Und dass er das Gefühl habe, keine Luft mehr zu kriegen. Dass er noch nie richtig Luft gekriegt habe.«

»Und weiter?«

»Nichts weiter«, sagt sie. »Sein Kopf lag in meinem Schoß. Ich hab mich über ihn gebeugt und ihn geküsst. Ich hab noch nie jemanden so geküsst. Und dabei habe ich gedacht: Wer bist du?«

Hörst du das, Jakob? Sie fragt sich dasselbe wie ich.

In mir überschlägt sich alles. Gedankenfetzen, die wie Gewehrkugeln durch meinen Kopf jagen. Gefühle, die gegeneinanderkrachen wie Autoscooter auf einer Kirmes. Ziellos, ungeordnet. Jana, die mir gegenübersteht, ihr Herz eine offene Wunde. Ich will nicht, dass sie mitkriegt, was in mir vorgeht. Sie hat das nicht verdient, sie kann nichts dafür. Also zwing dich, Lenny, reiß dich zusammen!

»Weißt du, was ich glaube, Jana?«

Sie schaut mich fragend an.

»Dass es ihm ernst war mit dir. Und dass es was geworden wäre mit euch, wenn nicht … dieser bescheuerte Unfall dazwischengekommen wäre.«

»Denkst du das wirklich?«

»Ja«, sage ich und nehme sie in den Arm. »Ganz sicher.«

ZWEIUNDZWANZIG

MEINE MUTTER KNIET IN SICH VERSUNKEN IM GARTEN neben dem Rhododendron und dem Haselnussbaum, den mein Vater einmal im Jahr beschneidet, und kappt mit einer Gartenschere die verwelkten Blüten eines Rosenbusches. Ich beobachte sie von der Terrassentür aus. Ich möchte ihr die Schere aus der Hand reißen, ihr ins Gesicht schlagen, die Maske herunterprügeln, hinter der sie sich schon so lange versteckt. Ich will die Mutter zurück, die sie mal war. Die Mutter, die uns Kinderlieder vorgesungen hat, die mit uns im Herbst Figuren aus Kastanien und Streichhölzern gebastelt hat, die mit uns Ostereier ausgeblasen und bemalt hat. Ich will die Mutter zurück, die ihren älteren Sohn getröstet hat, anstatt sich von ihm trösten zu lassen. Eine Mutter, auf die man nicht ständig Rücksicht nehmen muss, eine Mutter, die lacht, wenn man sie unter den Armen kitzelt, bis ihr die Tränen kommen.

Sie spürt meinen Blick in ihrem Rücken, dreht sich überrascht zu mir um. »Du bist schon da?«

Statt einer Antwort gehe ich zurück ins Haus und stürme die Treppe hinauf. Ich reiße die Tür zum Schlafzimmer auf. Das Fenster ist gekippt, die Bettdecken sind aufgeschlagen. Auf dem faltigen Spannbetttuch die aufgeschüttelten Kissen. Eine Spur von Schweiß in der Luft, die Ausdünstungen der Nacht, dieser eigentümliche Geruch eines Elternschlafzimmers. Auf dem Nachttisch meines Vaters liegt ein pharmazeutisches Fachblatt und der *Modelleisenbahner,* er liest jeden Abend, er braucht das, sagt er, nur ein paar Minuten, sonst kann er nicht einschlafen. Auf dem Nachttisch meiner Mutter steht ein leeres Wasserglas, am Rand ein Fettfilm, der Abdruck ihrer schmalen Lippen. Daneben ein Medikamentenblister. Ich werfe ihn aufs Bett, dann ziehe ich die Nachttischschublade auf, durchwühle sie, bis ich auf weitere Blister stoße und einzelne Tabletten. Auch die werfe ich aufs Bett. Ich greife nach einem der Kissen. Das Aufknöpfen des Bezuges geht mir nicht schnell genug. Also reiße ich ihn einfach auf, die Knöpfe springen knallend vom Stoff, landen auf dem Boden, es ist mir egal. Ich zerre das Kissen aus dem Bezug. Ich nehme die Blister vom Bett und schiebe sie zusammen mit den losen Tabletten in den leeren Bezug. Dann nehme ich mir den Schrank vor. Ich fege die zusammengelegten Blusen und Pullover aus den Fächern, wühle in den Schubladen mit der Unterwäsche, öffne Schachteln mit Schuhen, durchsuche das Schmuckkästchen aus Leder, das mein Vater ihr geschenkt hat, bis ich weitere Blister finde und eine halb gefüllte Schachtel mit *Percocet*. Auch die schiebe ich in den Kissenbezug. Ich höre meine Mutter die Treppe heraufkommen, ich kann ihren Blick in meinem Rücken spüren, als sie in der Tür auftaucht.

»Was machst du da?«, fragt sie erschrocken.

Ich drehe mich zu ihr um. Ihre Schultern sind nach vorne geklappt, die Wangen eingefallen, die Haut wie aus Wachs. Ich will das nicht mehr sehen müssen, dieses hohle Gesicht mit der eingegrabenen Trauer, diese schmerzverklebten Poren und tränenfeuchten Augen. Ich will das alles nicht mehr!

Ich schiebe mich an ihr vorbei, den Kissenbezug in der Hand, ich gehe rüber ins Bad und mache weiter. Ich öffne den Badezimmerschrank, wische mit der Hand die Regale leer. Ich reiße einfach alles heraus, die Handtücher, die Zahnpastatuben, die mein Vater auf Vorrat hortet, die in ihren Verpackungen eingeschweißten Zahnbürsten, die Plastikflaschen mit Shampoo und Haarkuren. Sein Mundwasser zerplatzt auf dem Boden, der scharfe Geruch nach Menthol nimmt mir den Atem.

Jede Ecke, jeden Winkel des Badezimmers durchsuche ich nach den geheimen Verstecken meiner Mutter. Der Kissenbezug in meiner Hand füllt sich immer mehr.

Valium, Vicodin, Darvon, Percaden, Percocet. Und dieses beschissene *Xanax,* das die Stimmung aufhellen soll.

»Ist das alles«, fauche ich sie an, »oder muss ich noch weiter suchen?«

Sie schüttelt stumm den Kopf, eine Hand am Türrahmen. Ihre Lippen zittern. Ich packe sie und zerre sie mit mir die Treppe herunter, vorbei an der Galerie mit den eingerahmten Triumphen meines toten Bruders. Sie gerät ins Stolpern, schlägt mit dem Rücken gegen das gerahmte Foto, das Jakob beim Skirennen in Lenzerheide zeigt, seine geballte Faust im Moment der Zieldurchfahrt. Es fällt herunter, knallt auf die Treppe, das Glas zerspringt, der Rahmen zerbricht. Ich kümmere mich nicht darum, ziehe sie einfach weiter mit mir nach unten, sie verliert einen Schuh, er bleibt auf der Treppe zurück, die Aluminiumfolien der Blister im Kissenbezug schlagen knisternd gegeneinander.

Ich schleppe sie durch die Diele, rüber ins Wohnzimmer und weiter hinaus auf die Terrasse. Ich zwinge sie in einen Gartenstuhl, sie wehrt sich nicht. Ich lege ihr den Kissenbezug mit den Tabletten in den Schoß, ziehe den Kugelgrill meines Vaters heran. Die Metallbeine knirschen über die Bodenplatten, hinterlassen Kratzer auf dem Sandstein. Ich klappe den Grill auf.

»Schmeiß sie da rein«, sage ich.

Sie reagiert nicht.

»Du sollst sie da reinschmeißen!«, schreie ich.

Sie zuckt zusammen, dann greift sie langsam in den Kissenbezug und fängt an, ihn in den Grill zu entleeren. *Valium, Vicodin, Darvon, Percaden, Percocet.* Und dieses beschissene *Xanax,* das die Stimmung aufhellen soll.

Ich gehe zurück ins Haus, nehme eine Flasche Brennspiritus aus dem Küchenschrank und den Gasanzünder aus der Schublade neben dem Herd.

Als ich zurück auf die Terrasse komme, sitzt meine Mutter noch immer vor dem Grill, den leeren Bezug in ihren zitternden Händen. Ich werfe ihn zu den Tabletten in den Grill.

»Du wirst nie mehr eine nehmen«, sage ich. »Hast du mich verstanden? Nie mehr!«

Ich schiebe den Grill ein Stück zurück und öffne den Deckel der grünen Flasche. Ich leere den Brennspiritus über dem Kissenbezug und den Tabletten aus und drücke auf den Auslöser des Gasanzünders. Ich betrachte die bläuliche Flamme an der Spitze und halte sie über den Grill. Ich spüre die Hitze der Stichflamme auf meiner Haut. Sie versengt mir die Augenbrauen, aber das ist mir egal. Der beißende Geruch des Spiritus, der ätzende Gestank verschmorenden Plastiks. Öliger, schwarzer Rauch, der emporsteigt.

»Tut mir leid, Mama«, sage ich, »aber es geht nicht anders.«

Ich drehe mich zu ihr um. Klebrige Rußpartikel, die vor ihrem eingefrorenen Gesicht tanzen, sich auf ihre

Kleider legen, ihre Haare. Reglos starrt sie in die Flammen. Meine Worte erreichen sie nicht.

Mein Handy summt. Ich ziehe es aus der Tasche. Das Feuer spiegelt sich im Display. *Chinesischer Turm, um drei.* Mein Herz macht einen Sprung. Meine Mutter versteht nicht, warum ich plötzlich lächele.

DREIUNDZWANZIG

EIN MIETSHAUS IN GIESING. GRÜNWALDER STRASSE, GEGEN-über vom alten Stadion der Münchner Löwen. Ich gehe die Namen auf den Klingelschildern durch. Hoffentlich ist er da, denke ich und klingele. Die Gegensprechanlage knackt.

»Ja?«

»Max? Ich bin's, Lenny.«

»Dritter Stock.«

Der Türöffner summt. Ich drücke die Haustür auf und gehe die Treppe hinauf. Er steht vor der Wohnungstür, blickt überrascht auf meinen rasierten Schädel.

»Ganz schön mutig«, sagt er.

»Ich brauch deine Hilfe.«

»Wobei?«

»Du willst doch ab Herbst Informatik studieren.«

»Und?«

»Da kennst du dich doch mit Computern aus.«

»Ja, schon, aber …«

Ich ziehe Jakobs Laptop aus meinem Rucksack.

»Ich komm nicht rein«, sage ich.

»Bitte?«

»Ich hab das Passwort nicht.«

»Ich soll für dich ein Passwort knacken?«

»Nicht irgendeins«, sage ich. *»Seins.«*

»Und warum?«, fragt er.

Ich drücke ihm den Laptop in die Hand.

»Kann ich reinkommen?«

Die Wohnung ist zugestellt mit Möbeln. Im Flur ein alter Eichenschrank und eine furnierte Kommode, die Wände hängen voller Bilder. Zeichnungen, Drucke, Skizzen. Ein paar Urlaubs- und Kinderfotos. Dazwischen ungerahmte Ölbilder. Auf dem Boden bunt gemusterte Kelimteppiche, an der Decke eine orientalische Lampe aus einem Bazar. Es ist eng, aber unglaublich gemütlich. Es riecht nach Papier und Farben. Aus dem Wohnzimmer dringt leise Musik. Irgendwas Klassisches. Max' Mutter ist Grafikerin. Sie illustriert Kinderbücher, arbeitet von zu Hause aus. Jakob hat mir das mal erzählt. Eine andere Welt, hat er gesagt, das Gegenteil von uns. Jetzt weiß ich, was er damit meinte.

Max führt mich in sein Zimmer. Dasselbe Chaos wie im Rest der Wohnung. Auf dem Boden Klamotten, das

Bett ungemacht. Ein Regal, randvoll mit Büchern, stehend, liegend, jeder Zentimeter genutzt. Max macht Musik an. Irgendwas Deutsches. Einer dieser jungen Sänger, die über Beziehungen singen und Einsamkeit und die sich doch irgendwie alle gleich anhören. Aus dem Flur die Stimme der Mutter, das Geschrei eines Mädchens, das Knallen einer Tür.

»Meine Schwester Lilly«, sagt Max. »Versucht meiner Mutter klarzumachen, dass sie keinen Bock hat, das Katzenklo sauber zu machen.«

Er schließt den Laptop an, klappt ihn auf, schaltet ihn ein.

»Also?«, fragt er.

»Also was?«

»Was ist der Grund?«

Er mustert mich neugierig. Ich schaue aus dem Fenster über das alte Stadion. Links dahinter der Flaucher, nach rechts hin die Innenstadt, die Türme der Frauenkirche, der Rathausturm, davor ein Meer aus rot gedeckten Dächern.

»Ich war da«, sage ich zögernd.

»Wo?«

»Oben auf der Zugspitze.«

Ich drehe mich zu ihm um. Seine Miene verändert sich schlagartig. Er versteht sofort. Er schaut mich an wie jemand, der begreifen muss, was er nicht begreifen will. Die Bestätigung eines heimlichen Verdachts.

»Es stimmt also«, sagt er leise.

»Ja«, erwidere ich.

»Kein Unfall.«

»Nein.«

Der Sänger singt davon, endlich angekommen zu sein, wo auch immer.

»Und jetzt willst du Antworten«, sagt Max.

»Ja.«

»Und du meinst, die findest du in seinem Computer?«

»Wo, ist mir egal«, sage ich.

»Ich würde es lassen, Lenny.«

»Warum?«

»Weil ich nicht glaube, dass du Antworten finden wirst.«

»Hat er auch gesagt.«

»Wer?«

»Ist nicht wichtig«, sage ich hastig.

Aus dem Flur der Aufprall einer Tüte, das dumpfe Zerplatzen von Papier. Die Stimme von Max' Mutter: »Mein Gott, Lilly!«

»Sie hat das Katzenstreu fallen gelassen«, sagt Max.

Er streicht mit den Fingern den Staub von der Tastatur des Laptops. Auf dem Display erscheint die Aufforderung, das Passwort einzugeben.

»Ich muss es wenigstens versuchen«, sage ich. »Auch wenn es nichts bringt.«

»Okay«, erwidert er. »Deine Entscheidung.«

Er greift nach einem Stift und einem Stück Papier. Dann fängt er an zu fragen. Jakobs Geburtstag, der unserer

Eltern, mein eigener. Dinge, die meinem Bruder etwas bedeutet haben. Was er mochte, was er nicht mochte. Sein Lieblingsort, sein Lieblingsessen, Spitznamen, Kosenamen.

Ich sage, was ich weiß, und merke, wie wenig ich weiß.

»Noch irgendwas, das dir einfällt?«, fragt Max.

»Nein«, erwidere ich.

Ich schaue ihm zu, wie er aus dem, was ich ihm erzählt habe, mögliche Passwörter zusammensetzt und aufschreibt. Wie er die erste Kombination eintippt und anschließend auf seinem Zettel durchstreicht. Sie hat nicht funktioniert.

»Das Schlimmste ist, dass ich nichts gemerkt habe«, sage ich.

»Vielleicht wollte er nicht, dass du was merkst.«

»Ich bin sein Bruder!«

»Vielleicht genau deswegen.«

»Mir kommt es vor wie Verrat.«

»Dazu warst du ihm viel zu wichtig.«

»Woher willst du das wissen?«

Er zögert mit der Antwort. Er sucht nach den richtigen Worten.

»Wir haben ziemlich viel geredet«, sagt er schließlich. »Er war nicht der, für den die anderen ihn hielten.«

»Was meinst du damit?«

»Der Typ, der alles im Griff hat«, sagt Max. »Er hat sich hinter seiner Leichtigkeit versteckt. In Wahrheit war er voller Zweifel.«

»Was denn für Zweifel?«, frage ich und merke, wie

Eifersucht in mir hochkommt. Darauf, dass der beste Freund meines Bruders mehr über ihn weiß als ich selbst.

»Er hat sich ständig Gedanken gemacht«, sagt Max. »Über sich und sein Leben. Die Erwartungen der anderen, die seiner Eltern.«

»Kommt mir bekannt vor«, sage ich.

»Weißt du, dass er dich beneidet hat? *Mein Bruder hat keinen Druck,* hat er gesagt, *von Lenny erwartet niemand was.«*

»Weil dieser Lenny nicht vorhanden ist«, sage ich. »Weil es ihn gar nicht gibt.«

»Er hat versucht, dich zu beschützen.«

Ein kleiner Junge im hellblauen Pyjama mit sandfarbenen Teddybären darauf, der seinen kleinen Bruder im Arm hält. Er lacht in eine Kamera. Ich habe einen Kloß im Hals.

»Aber sich selbst nicht«, sage ich leise. »Da hat es nicht funktioniert.«

Ein Junge in einer roten Jacke, ein Lächeln im Gesicht. Hinter ihm ein vergoldetes Gipfelkreuz im aufziehenden Nebel. Seine Füße, die sich vom Fels lösen. In mir zieht sich alles zusammen.

»Er hat sich verantwortlich gefühlt«, sagt Max. »Für alles und jeden. Er kam einfach nicht dagegen an. Das hat ihn wahnsinnig gemacht.«

»Ich hab heute mit Jana geredet«, sage ich. »Die hat mir dasselbe erzählt.«

»Hat sie dir auch von der Nacht mit ihm …?«

»Ja«, unterbreche ich ihn, »hat sie.«

»Das hat ihn total fertiggemacht«, sagt Max. »Er hat sich hilflos gefühlt und gedemütigt. Nicht von ihr. Von der ganzen Situation. Ich hab versucht, ihm das auszureden, aber es ging nicht. Das war wie eine Mauer, durch die ich nicht hindurch kam.«

»Wieso gab es diese Mauer?«

»Musst du ihn fragen.«

»Kann ich nicht.«

»Ich weiß.«

Der Sänger singt jetzt von Südfrankreich. Er ist mit einem Mädchen unterwegs. Sie sitzen in einem geklauten Wagen auf einer Straße in den Bergen, der Sprit ist ihnen ausgegangen. Sie haben kein Geld mehr. Es macht ihnen nichts aus. Natürlich geht die Sonne gerade unter und natürlich sind sie so glücklich wie noch nie. Jedenfalls der Sänger. Schließlich sind es seine Gefühle, von denen er singt.

»Ich verstehe das nicht«, sage ich. »Was führt dazu, dass jemand so was macht?«, frage ich.

»Ein Auto klaut und mit einem Mädchen nach Südfrankreich abhaut?«

»Auf einen Berg fährt und runterspringt. Kannst du mir das sagen?«

»Nicht wirklich«, sagt Max. »Vielleicht ist es wie ein Schalter im Kopf, der sich irgendwann umlegt. Wie bei einem Computer. Du ziehst den Stecker und der Akku wird immer leerer. Bis nichts mehr da ist.«

»Er hätte ihn wieder anschließen können.«

»Vielleicht gab's keine Steckdose.«

»Aber es gab uns. Mich, dich, Jana.«

»Hör auf, dir Vorwürfe zu machen.«

»Machst du dir keine?«

»Meinst du die Frage ernst?«

»Nein«, sage ich. »Nicht wirklich.«

Er beginnt wieder, mögliche Passwörter einzutippen. Seine Finger, die über die Tastatur fliegen. Er kommt nicht weiter, ganz gleich, was er auch versucht. Das Gefühl, dass Jakob sich versteckt. Jemand, der nicht will, dass man ihn findet. Nicht mal nach seinem Tod. Ich muss an mein Gespräch mit Jana denken.

»Weißt du, was er zu Jana gesagt hat? Dass er keine Luft kriegt.«

»Hat er mir auch gesagt.«

»Aber wieso? Wie kommt er darauf?«

»Vielleicht hatte es mit dem Druck zu tun. Wusstest du, dass er Angst vor dem Abi hatte?«

»Als Jahrgangsbester?«

»Nicht vor den Klausuren. Vor dem, was danach kam.«

»Was meinst du?«

»Das, was man Zukunft nennt. Er fühlte sich eingesperrt. Fremdbestimmt und festgelegt. Das Studium, der Job danach. Alles von eurem Vater geplant. Eine Straße ohne Abzweigungen, ein Auto ohne Rückwärtsgang. Kein Platz für Unbekanntes.«

Ich nicke stumm. Ich sehe Jakob vor mir. Einen Jungen, der mit Legosteinen die Welt neu erfinden will. Ein segelndes Kind, das sich den Chiemsee zum Ozean macht. Einen Skirennläufer, der in die Freiheit rast. Dann sehe ich den anderen Jakob. Einen Bruder, der seine Hand ausstreckt auf einer Brücke über die Höllentalklamm. Einen Sohn, der sich um seine tablettensüchtige Mutter sorgt. Einen »kleinen Apotheker«, der nie gefragt wurde, ob er überhaupt Apotheker werden will. Einer, der das Leben der anderen führt anstatt sein eigenes. Der Text seiner Abiturrede. Die unsichtbaren Wände um seinen Körper. Das Meer in seinem Kopf.

»Er wollte gar nicht Pharmazie studieren, oder?«

»Nein.«

»Mein Vater hätte ihn nicht zwingen können.«

»Brauchte er ja gar nicht«, sagt Max. »Ein Gefängnis muss nicht abgeschlossen sein, um sich darin eingesperrt zu fühlen.«

Der Sänger singt inzwischen vom Ende einer Liebe. Gepackte Koffer, die in einer leeren Wohnung stehen, ein letzter Blick aus dem Fenster, die Fähre wartet schon im Hafen. Ich stelle mir das Video dazu vor. Er an der Reling eines Schiffes, den Blick ins Nichts gerichtet, seine Haare im Wind. Sie, die in die leere Wohnung kommt. Ihre Augen, die sich mit Tränen füllen.

»Was dagegen, wenn ich den Scheiß ausmache?«, frage ich.

»Nein«, sagt Max. »Im Gegenteil.«

Wir lächeln uns zu. Ich schalte die Musik ab.

»Fertig!«, höre ich seine kleine Schwester aus dem Flur rufen.

»Hast du noch mehr Geschwister?«

»Jetzt nicht mehr«, sagt er.

Mir ist klar, was er meint.

Die Tür fliegt auf. Lilly kommt rein, einen getigerten Kater auf dem Arm.

»Katzenklo sauber?«, fragt Max.

»Blitzsauber«, sagt Lilly und schaut mich an. Sie ist zwölf oder dreizehn. Ein gedrungener Körper. Rote kurze Haare. Ihre Lippen sind wulstig, ihre Augen riesengroß. Sie trägt eine Brille. Down-Syndrom.

»Was glotzt du denn so?«, kichert sie. »Noch nie ’n Mongo gesehen?«

»Doch«, sage ich. »Klar.«

»Wer bist du?«, fragt sie und krault dem Kater das Kinn.

»Jakobs Bruder«, sagt Max. »Lenny.«

»Ihr seht euch gar nicht ähnlich«, sagt sie.

»Nein«, sage ich.

»Kommt Jakob auch?«

»Sieht nicht so aus.«

»Schade«, sagt Lilly. »Ich mag ihn. Er ist nett. Und lustig.«

»Ja«, sage ich. »Das ist er.«

»Willst du ihn mal nehmen?«, fragt sie und hält mir den Kater entgegen. »Er heißt Casper.«

»Lieber nicht.«

»Was macht ihr denn da?«

»Nicht jetzt, Lilly. Bitte!«, sagt Max.

Sie schaut neugierig auf den Computer.

»Von wem ist der?«

»Von Jakob.«

»Und was wollt ihr damit?«

»Das Passwort rausfinden.«

»Hat er sich das ausgedacht?«

»Ja.«

»Warum ruft ihr ihn nicht an, dann verrät er es euch.«

»Das geht nicht.«

»Wieso nicht?«

»Ist gut jetzt, Lilly!«, sagt Max gereizt und gibt die letzte verbliebene Kombination ein. Umsonst. Es funktioniert nicht.

»Tut mir leid«, sagt er.

»War einen Versuch wert«, erwidere ich.

»Bruderherz«, platzt es unvermittelt aus Lilly heraus. Sie schaut Max mit großen Augen an. »Sagt er doch immer zu dir.«

Max tippt *Bruderherz* ein und drückt die Enter-Taste. Der Bildschirm verändert sich. Auf dem Schreibtisch tauchen Ordner und Dateien auf. Wir sind drin.

»Du bist genial, Lilly«, sage ich.
»Ich bin nicht genial, ich bin behindert«, sagt Lilly.
Der Kater auf ihrem Arm gähnt genüsslich.

VIERUNDZWANZIG

DIE U1 VOM WETTERSTEINPLATZ BIS ZUM SENDLINGER TOR. Dann weiter mit der U3 bis zur Universität. Ich stürme die Treppen hoch und fange an zu laufen. Die Veterinärstraße runter bis zur Königinstraße und rein in den Englischen Garten. Ich schaue auf meine Uhr. Kurz nach drei. Hoffentlich wartet sie auf mich. Die Bäume rauschen an mir vorbei, der Kies knirscht unter meinen Füßen. Den Rucksack trage ich auf dem Bauch. Mit meinen Händen schütze ich den Laptop. *Bruderherz!*

Schwüle liegt in der Luft. Der heißeste Tag des Jahres. Der Schweiß läuft mir den Rücken runter. Der Wunsch, das alles abzuschütteln. Vielleicht hatte Max recht. Was bringt es mir, Antworten zu finden? Mein Bruder kommt trotzdem nicht zurück. Was passiert ist, ist passiert. Ganz egal, ob ich oder irgendjemand sonst es versteht. Jede

Antwort wirft neue Fragen auf. Jede neue Frage lässt mich weitersuchen. Je mehr ich suche, desto weniger sehe ich. Jeder Mensch ist ein Geheimnis. Für andere und für sich selbst. Vielleicht ist mein Wunsch, das alles zu verstehen, nichts anderes als die Angst vor dem Unbegreiflichen. Vor dem Rätsel, das ich mir selbst bin. Womit ich wieder bei Gott lande und den Worten des Pfarrers in der Kirche. Seine Aufforderung, den Tod anzunehmen, auch wenn er im Letzten nicht zu begreifen ist. Vielleicht war es ja doch nicht so blöd, was er gesagt hat.

Zwischen den Bäumen taucht die Spitze des Chinesischen Turms auf. Die fünf übereinanderliegenden, schindelbedeckten Dächer, die nach oben hin immer kleiner werden, dazwischen das verwitterte Holz der Geländer, die Wendeltreppe in der Mitte wie der graue Stamm eines mächtigen Baumes.

Der riesige Biergarten rund um den Turm. Der Geruch nach Weißwürsten und Sonnenmilch. Ich schiebe mich suchend durch ein wildes Durcheinander von Körpern und Köpfen. Männer, Frauen, Kinder. Paare, Familien, Touristengruppen. Kappen, Mützen, Sonnenhüte. Von Müttern geschaukelte Kinderwagen. Sonnenbrillen in schweißglänzenden Gesichtern, von Hitze und Sonne gerötete Haut. Maßkrüge, die an Lippen gesetzt werden. Lachende Münder, schreiende Kinder. Das Gewirr von Stimmen, ein Teppich aus Bildern und Worten, dazwischen meine suchenden Augen. Und nirgendwo eine Spur von Rosa.

Wo bist du?, tippe ich in mein Handy und drücke auf Senden.

Hinter dir, schreibt sie zurück. Ich drehe mich um, und da steht sie, abseits vom Getümmel, an einen Baum gelehnt, ein Bein angewinkelt, den Fuß gegen den Stamm gestützt, in der Hand ihr Handy. Rosa!

Hastig ziehe ich den Rucksack von meinem Bauch, hänge ihn mir über die Schulter. Die Angst, lächerlich zu wirken. Mein T-Shirt klebt an meinem Rücken, ich spüre, wie mir Schweiß über die Schläfe läuft. Ich fahre mir mit der Hand übers Gesicht, wische sie so unauffällig wie möglich an meiner Hose ab. All das, während ich zu ihr rübergehe, die Augen auf den Lichtpunkten, die durch die Blätter der Bäume fallen und in ihrem Haar tanzen.

»Da bist du ja«, sagt sie.

»Sorry«, entschuldige ich mich. »Hab's nicht früher geschafft.«

»Ich sehe schon«, erwidert sie. »Hattest noch einen Friseurtermin.«

»Sehr schlimm?«

»Vorher fand ich besser.«

Fremdheit, die mir wie ein kalter Windstoß durch die Glieder fährt. Die Angst, ihr nicht zu genügen.

»Ich lass sie wieder wachsen. Versprochen.«

»Du musst mir nichts versprechen.«

»Natürlich nicht … ich meine ja bloß … ich wollte nur …«

Ich merke, wie ich erröte. Ich komme mir bescheuert vor.

»Komm schon«, sagt sie, »sieht gut aus.«

»Verarsch mich nicht.«

»Tue ich nicht. Echt nicht. Gefällt mir wirklich.«

Wir schauen uns an. Sie lächelt, zuerst kaum merklich, dann immer offener. Dieselbe Nähe wie bei unserer ersten Begegnung an der Isar. Mir fällt ein Stein vom Herzen.

»Was trinken oder laufen?«, frage ich.

»Lieber laufen«, sagt sie.

Ein Mädchen und ein Junge im Englischen Garten. Der schönste Park der Welt. Die Sonne auf unseren Körpern, die Schatten der Bäume. Wir gehen ohne Richtung, lassen uns treiben. Auf den Wegen, über die Wiesen. Wir ziehen die Schuhe aus, spüren das Gras unter unseren Füßen. Die Großstadt ist weit weg, nicht mehr als ein fernes Rauschen. Alles ist weit weg. Selbst Jakob.

Wir erzählen einander unser Leben. Rosa geht auf ein Gymnasium in Harlaching. Zehnte Klasse, so wie ich. Sie spielt Volleyball in der Schulmannschaft. Sie ist zwei Monate und neun Tage älter als ich. Und drei Zentimeter größer. Unsere Aszendenten passen nicht zusammen, dafür mögen wir beide Topfenstrudel und verabscheuen Schafskäse.

Sie liebt das Meer, genau wie ich, aber die Berge liebt sie noch mehr. Die Berge, sagt sie, sind wie das Leben. Man geht ein Tal entlang und sieht nur Ausschnitte. Erst wenn man auf dem Gipfel steht, sieht man das Ganze.

Sie würde gerne um die Welt segeln. Einmal ganz rum. Sie kann nicht gut singen, genau wie ich. Sie findet das schade, genau wie ich.

Sie mag den Wind. Der Wind, sagt sie, lässt einen spüren, dass man lebt.

Sie liebt ihre Mutter, die bei der Stadtverwaltung arbeitet und die nicht Rosa heißt, wie ich gedacht habe, als ich in der Bergwacht ihre Adresse fotografierte, sondern Renate.

Sie vermisst ihren Vater, der vor Jahren gestorben ist. Woran, sagt sie nicht, aber sie bedauert, dass die Erinnerung an ihn verblasst, mit jedem Tag mehr.

Wir reden und reden, ein Mädchen und ein Junge im Englischen Garten, die Zeit vergeht wie im Flug. Bis wir uns irgendwann neben dem Bootsverleih am Kleinhesseloher See wiederfinden.

»Hast du Lust?«, frage ich.

»Warum nicht«, sagt sie.

Ich rudere uns hinaus auf den See, das Boot zerteilt das Wasser, die Ruder quietschen in den Dollen. Ich klappe sie ein, wir lassen uns treiben. Wir legen uns quer auf die Bänke, die Füße in den Wellen, die Hände unter dem Kopf verschränkt. Ich schaue rüber zu Rosa, betrachte sie. Ihre langen Beine, ihr gleichmäßiger Atem, die kastanienbraunen Haare wie hingegossen auf der hölzernen Innenseite des Bootes. Ich kann mich nicht daran erinnern, wann ich mich das letzte Mal so wohlgefühlt habe.

»Es ist schön mit dir.«

»Wieso sagst du das?«

»Weil es so ist.«

»Pscht«, macht sie und legt einen Finger an die Lippen. Ihre Augen sind geschlossen. Wieder dieses Gefühl, dass sie sich in sich zurückzieht. Wie diese Pflanze, deren Blätter sich bei Erschütterungen einrollen. Ich suche nach dem Namen.

»Mimose«, sage ich leise, als er mir einfällt.

»Was sagst du?«

»Nichts.«

Wir schweigen. Wind kommt auf, eine leichte Brise, die das Wasser kräuselt. Das Licht, das sich darin bricht. Ein Glitzern wie von tausend Sonnen. Ich blinzele hinauf in den Himmel. Wolken ziehen auf, dunkel und schwer, Vorboten eines nahenden Gewitters.

»Es tut mir so leid«, sagt Rosa wie aus dem Nichts.

»Was?«

»Das mit deinem Bruder.«

»Pscht«, mache ich, lege einen Finger an meine Lippen. Sie öffnet ihre Augen, dreht ihren Kopf zu mir. Ich lächele ihr zu. Sie zögert, dann erwidert sie mein Lächeln.

»Alles gut?«, frage ich.

»Ja«, sagt sie. »Alles gut.«

Ich horche in mich hinein, lausche dem Schlagen meines Herzens. So fühlt es sich an, wenn man glücklich ist, denke ich und setze mich auf.

»Ich …«

Sie schüttelt den Kopf. Sie weiß, was ich sagen will, aber sie will nicht, dass ich es ausspreche. Noch immer lächelt sie.

Ich greife nach den Rudern, lasse sie ins Wasser gleiten. Das Vor und Zurück meines Körpers, der gleichmäßige Schlag der Ruderblätter im Wasser, ihr Haar im Wind unter dem sich stetig zuziehenden Himmel, während wir uns weiter anschauen. Du hast recht, denke ich, es gibt Dinge, die muss man nicht aussprechen.

Als wir die Anlegestelle erreichen, ist die Sonne fast ganz hinter dunklen Regenwolken verschwunden. Ich hänge mir den Rucksack über die Schulter.

»Und jetzt?«

»Ich weiß nicht.«

»Wenn du nach Hause musst, dann …«

»Nein«, sagt sie. »Muss ich nicht.«

Wir gehen nach Süden. Zurück zum Chinesischen Turm. Es ist nicht mehr heiß, aber noch immer warm. Anders als auf dem Hinweg reden wir kaum. Ich fühle mich befangen. Ich weiß nicht, was ich sagen soll. Und je länger ich schweige, desto befangener fühle ich mich. Gleichzeitig macht es mir überhaupt nichts aus, nicht zu reden. Ich genieße es, neben Rosa herzugehen, einfach so, unter uns das leise Knirschen unserer Schritte auf dem Weg, um uns das Rascheln der Blätter in den Zweigen, über uns das Rauschen des Windes in den Kronen der Bäume. Ab und zu schauen wir uns an, die Andeutung eines Lächelns, beiläufig, aber vertraut, es fühlt sich gut an und richtig. Ich bin aufgeregt und ruhig zugleich. Ich würde sie am liebsten in den Arm nehmen und küssen.

Der Wind wird immer stärker, ein paar Minuten noch, dann geht das Unwetter los. Die Tische und Bänke rund um den Chinesischen Turm stehen verlassen da, das drohende Gewitter hat die Menschen vertrieben. Ein Radfahrer, der eilig an uns vorbeifährt, ein paar Spaziergänger auf der Suche nach Schutz vor dem drohenden Regen.

»Hierbleiben oder weiter?«

»Sag du«, erwidert Rosa.

Ich schaue in den bleigrauen Himmel. Von Ferne ein erstes Grollen. Ich nehme den Rucksack von der Schulter, hänge ihn mir vor die Brust.

»Los?«

»Ja«, sagt Rosa.

Wir sind keine hundert Meter weit gekommen, als die ersten Tropfen fallen. Ich nehme Rosas Hand, wir beginnen zu laufen. Der Regen ist schneller. Er kommt von oben, von vorne, von der Seite. Er kommt mit Gewalt. Er prasselt auf uns nieder, warm, aber unerbittlich, er klebt uns die Kleider auf die Körper, er hüllt uns ein, er füllt uns aus. Wir laufen und lachen. Je schneller wir laufen, desto heftiger wird der Regen. Und je heftiger er wird, desto lauter lachen wir. Das Wasser rinnt uns über Kopf, Arme und Schultern, wir fliegen über die Wege und Wiesen, Himmel und Erde sind eins. Dann beginnt es zu donnern, über uns ein Blitz, vor uns auf einer Anhöhe tauchen die Säulen des Monopteros auf. Wir schauen uns an und laufen auf den berühmten Aussichtspunkt zu, noch immer laut lachend, verspielt wie kleine Kinder, wir springen die Stufen empor, die den alten Rundbau umgeben, und sperren den Regen aus.

Erschöpft lehnt Rosa sich an eine der Säulen und ringt nach Luft. Auch ich bin außer Atem. Dabei lachen wir noch immer und noch immer halten wir uns an der Hand. Draußen vor dem Tempel ein Schleier aus Regen, über uns die Wölbung der Kuppel. Wir stehen voreinander, Regentropfen auf unseren glänzenden Gesichtern, wir schauen uns an. Plötzlich erstirbt unser Lachen, unsere Hände trennen sich voneinander. Rosa streicht sich das nasse Haar aus der Stirn, sie ist genauso verlegen wie ich. Wie festgewachsen stehen wir da. Dann, wie auf ein geheimes Zeichen hin, lösen wir uns aus unserer Erstarrung, wortlos, ich reiße mir den Rucksack herunter, ich lege meine Hände auf Rosas Stirn, meine Hand streicht über ihr Gesicht, sie greift nach meiner Hüfte, sie zieht mich an sich, wir umgreifen uns, wir drücken uns aneinander, Körper an Körper, Rosas Brüste auf meiner Brust, unsere Lippen treffen sich, wir küssen uns, wir sehen uns dabei an, dann schließen wir die Augen und die Zeit hört auf, Zeit zu sein.

FÜNFUNDZWANZIG

DIE UNVERGLEICHLICHE LEICHTIGKEIT DES SEINS. DER Regen in den Kleidern wie eine Umarmung. Ein vollgesogenes T-Shirt auf dem Körper und das Gefühl zu schweben. Gewicht, das nichts wiegt. Zum ersten Mal zu wissen, wie es sich anfühlt, verliebt zu sein. Ich zu sein. Voller Kraft. Unverwundbar. Bis ich den schwarzen Volvo meines Vaters in der Einfahrt stehen sehe und die Wirklichkeit mich einholt.

Ich schließe auf, trete in die Diele und höre seine Stimme. Wie er auf meine Mutter einredet. Wie er versucht, sie zu beruhigen.

Ich gehe rüber ins Wohnzimmer. Die Terrassentür steht offen. Er beugt sich über den rußverschmierten, noch immer aufgeklappten Kugelgrill, neben sich ein Eimer voller Wasser. Der Schaum des Reinigungsmittels quillt über den Rand. Er hat sich die Spülhandschuhe meiner Mutter übergestreift, die gelbe Gummihaut ragt bis zu den Ellenbogen über die Ärmel seines Anzugjacketts. Meine Mutter steht neben ihm, mit dem Rücken zu mir, sie hält eine schwarze Mülltüte für ihn auf, in die er mit den Händen die Reste der verbrannten Tabletten und Medikamentenschachteln schaufelt. Mit einer Stahlbürste versucht er, die zerschmolzenen Plastikreste der Blister von der Beschichtung zu lösen, dann taucht er einen Schwamm in den Eimer und fängt an, den Grill auszuwaschen. Seine Krawatte tanzt über seine Brust, der Ruß färbt das Wasser schwarz, es schwappt über die Grillkante, spritzt auf die offene Spiritusflasche, die noch immer auf dem Terrassenboden steht. Ich habe vergessen, sie wieder zuzuschrauben, wahrscheinlich ist der Alkohol darin inzwischen verflogen. Mein Vater drückt den rußverschmierten Schwamm in den Eimer aus und hält unvermittelt inne. Er hat mich bemerkt.

»Was ist denn, Holger?«, fragt meine Mutter, die ihm noch immer die Mülltüte entgegenhält, obwohl es nichts mehr gibt, was er hineinwerfen könnte.

»Gar nichts«, sagt er und macht einfach weiter.

Gar nichts, klingt es in meinem Kopf nach. Einfach so tun, als wäre nichts. Eine heile Welt, gebaut aus Verdrängung und bunten Pillen. Er stellt meine Mutter ruhig, damit er selber ruhig sein kann. Er sorgt dafür, dass sie nichts fühlt, um selbst nichts fühlen zu müssen.

Was ich fühle, ist Wut. Die Wut, Teil von alldem zu sein. Die Wut, mitgespielt zu haben all die Jahre. Ich habe nur einen Wunsch: dass dieses Spiel ein Ende haben muss. Jetzt!

»Glaubst du wirklich, dass das funktioniert, Papa?«, frage ich laut. »Alles einfach wegzuwischen? Nur um dir und der Welt vorzumachen, alles sei in Ordnung?«

Meine Stimme zittert, meine Hände zittern, aber das ist mir egal. Es muss endlich raus. Alles muss raus. Der Staudamm ist gebrochen. Die Flut lässt sich nicht mehr zurückhalten.

»Lenny!«, sagt meine Mutter erschrocken.

»Achte einfach nicht auf ihn«, sagt mein Vater und wendet sich wieder dem Grill zu.

»Nicht auf ihn achten«, sage ich spöttisch. »Kommt mir bekannt vor.«

»Verschwinde!«, sagt mein Vater.

»Verschwinden? Wie soll das gehen? Es gibt mich doch gar nicht.«

»Mach, dass du wegkommst!«

»Aber ich war doch noch nie da.«

»Was redet er denn da?«, fragt meine Mutter verstört. »Was will er denn damit sagen, Holger?«

»Was glaubst du, wer du bist?«, zischt mein Vater.

»Niemand, Papa. Nur ein zweitgeborener Sohn. Durch den du immer hindurchgeguckt hast. Weil du nur Augen für Jakob hattest. Aber keine Angst, ich mach dir keine

Vorwürfe deswegen. Jeder spielt seine Rolle. Jeder von uns.«

Mein Vater lacht hysterisch auf.

»Was soll das hier werden? Eine Abrechnung?«

Meine Mutter ringt mit den Tränen, ihr Kinn und ihre Lippen zucken unkontrolliert, noch immer hält sie die alberne schwarze Mülltüte in der Hand.

»Schau sie dir an«, sage ich zu meinem Vater. »Sie ist süchtig. Tablettenabhängig. Und du unterstützt sie auch noch dabei.«

»Hör nicht auf ihn, Ingrid«, sagt er.

»Nur damit das klar ist, Papa: Sie wird keine einzige mehr von diesen Scheißdingern nehmen!«

»Nur weil du das so entscheidest?«

»Ja.«

»Das ist wohl ein Witz!«

»Nein, Papa, kein Witz. Du wirst sie in eine Klinik bringen. So schnell wie möglich. Zum Entgiften. Damit sie endlich loskommt von dem Zeug.«

Für den Bruchteil einer Sekunde ist er wie erstarrt, dann schleudert er den rußbefleckten Schwamm von sich. Er klatscht gegen das Wohnzimmerfenster, das in seinem Rahmen zittert, während das schmutzige Wasser in Schlieren die Scheibe herunterläuft.

»Du wagst es, mir Vorschriften zu machen?«

»Ja«, sage ich, »das tue ich. Und wenn du dich weigerst, werde ich zur Polizei gehen und dich anzeigen, weil du ihr seit Jahren ohne ärztliche Rezepte Medikamente besorgst.«

»Wenn du das tust, dann …«

»Was dann? Willst du mich verprügeln? Mir irgendwas antun? Reicht dir nicht, was mit Jakob passiert ist?«

Er starrt mich an. In seinen Augen Hass, dahinter versteckte Hilflosigkeit. Er reißt sich die Gummihandschuhe von den Fingern, wirft sie mit voller Wucht in den Eimer, Schaum spritzt gegen die Beine seiner Anzughose. Wortlos stürmt er an mir und meiner Mutter vorbei. Ich weiß, wohin er sich jetzt flüchtet.

Langsam gehe ich die Treppe hinunter in den Keller. Ordentlich verlegte Leitungen und Rohre, die Wände weiß, der Boden grau gestrichen. Dieselbe peinliche Sauberkeit wie im Rest des Hauses. Ich gehe an der Waschküche vorbei, die aufgehängte Wäsche sieht aus wie gebügelt, so sorgfältig hat meine Mutter sie glatt gestrichen.

Die Tür, hinter der sich mein Vater befindet. Dasselbe Grau wie der Boden. Ich öffne sie. Er sitzt an einem Arbeitstisch, in sich zusammengesunken, mit dem Rücken zu mir, einen kleinen Schraubenzieher in der Hand, den er kaum ruhig halten kann, vor sich eine auseinandergenommene Dampflokomotive. Die roten Räder, die Pleuelstangen, das schwarze Gehäuse. Der verzweifelte Versuch, sich abzulenken.

Ich schaue rüber zu seiner Modelleisenbahnanlage.

Gebirge aus Styropor und Gips, mit künstlichem Gras beflockte Hänge. Nachgebaute Natur, eine perfekte Illusion der Wirklichkeit, in der selbst der Gleisschotter aus echten Steinen besteht und die Bahnhofsschilder die aufgemalten Spuren von Rost tragen. Als Vorlage hat er Landschaftsfotos benutzt, die neben ihm an der Wand hängen.

»Es tut mir leid, Papa.«

Ich warte darauf, dass er aufbraust, aber das tut er nicht. Stattdessen sinkt er noch weiter in sich zusammen, reibt sich die Stirn an seiner aufgestützten Hand. Keine Spur mehr von Hass oder Zorn, nur noch tiefe Niedergeschlagenheit.

»Wieso tust du das, Lenny?«

»Weil es nicht anders geht.«

»Deine Mutter hat ihren Sohn verloren.«

»Wir alle haben ihn verloren.«

»Ihre ganze Welt ist zerbrochen.«

»Aber nicht erst jetzt. Schon viel früher.«

»Ich liebe deine Mutter. Ich wollte ihr nur helfen.«

»Das kannst du nicht. Nicht so!«

»Alles geht kaputt«, sagt er leise. »Ich frage mich, warum, aber ich finde einfach keine Antwort.«

Langsam dreht er sich zu mir um. Noch nie in meinem Leben habe ich ihn so traurig gesehen. Und noch nie so offen. Zum ersten Mal in meinem Leben schaut er mich wirklich an.

SECHSUNDZWANZIG

ICH SITZE AUF MEINEM BETT, DEN RÜCKEN AN DIE WAND gelehnt, die Bettdecke über den Schultern, auf meinen Knien Jakobs aufgeklappten Laptop. Das Gehäuse ist feucht geworden im nassen Rucksack, aber die Festplatte hat es überstanden. Surrend setzt sie sich in Gang, auf dem Display erscheint die Maske für die Passworteingabe. *Bruderherz*, denke ich und lege meine Finger auf die Tastatur. Ich tippe die erste Hälfte des Wortes ein: *Bruder.* Plötzlich ist da dieses Zögern in mir.

Was ist?, fragt Jakob. *Traust du dich nicht?*

Ich weiß nicht, denke ich.

Hast du Angst?

Angst ist nicht das richtige Wort.

Vielleicht ist Rosa das richtige Wort.

Wie kommst du darauf?

Vielleicht ist jetzt alles anders.

Nur weil ich sie geküsst habe?

Weil du verliebt bist.

Was ändert das schon?

Alles, sagt Jakob. *Die ganze Welt.*

Meine Welt, denke ich. Dann gebe ich die zweite Hälfte des Passwortes ein: *Herz*. Mein eigenes schlägt wie wild.

Ich öffne die Dokumente, die auf dem Desktop abgelegt sind. Hausarbeiten für die Schule, Präsentationen für Leistungskurse. Ein Ordner enthält Fotos von der Abschlussfahrt nach Rom letztes Jahr im Mai. Mein Bruder am Trevi-Brunnen, auf der Spanischen Treppe, vor einem Nachtclub namens *Dolce Vita,* betrunken mit anderen auf dem Bett eines Hotelzimmers, ein Gruppenfoto vor dem Kolosseum, eins am Forum Romanum.

Er sieht auf den Fotos aus wie die anderen. Genauso ausgelassen, genauso unbeschwert. Ich frage mich, ob er schon damals den Gedanken mit sich herumtrug, die Zukunft hinter sich zu lassen.

Ich fühle mich hin- und hergerissen. Ich komme mir vor wie ein heimlicher Eindringling. Wie ein Dieb, der ihm nachträglich sein Leben stiehlt.

Tut mir leid, denke ich.

Amen!, sagt er und lacht.

Ich meine es ernst, Jakob.

Ich auch.

Ich öffne den Internet-Browser und scrolle mich durch

den Verlauf. Als ich auf Web-Adressen von Pornoseiten stoße, halte ich erschrocken inne.

Jakob lacht. *Was hast du erwartet? Dass ich ein Heiliger bin?*

Nein, erwidere ich, *nicht wirklich.*

Ich suche weiter, und je länger ich suche, desto unwohler fühle ich mich. Das, was ich hier mache, hat nichts mit meinem Bruder zu tun. Nur mit mir selbst. Ein fremdes Leben zu durchforsten, um sein eigenes ins Gleichgewicht zu bringen. Als würde ich ihn mit einem Skalpell aufschneiden, um an seine Seele zu gelangen. Dabei weiß ich, dass ich sie nie finden werde. Ich war ja dabei, als sie seinen Körper verlassen hat, im Krankenhaus, am Tag, als die Maschinen abgeschaltet wurden.

Schon mal überlegt, Theologie zu studieren?, fragt Jakob spöttisch.

Danke, entgegne ich, *verarschen kann ich mich selbst.*

Ich muss an Rosa denken. Ihr scheues Zurückweichen vor allem, was ihr zu nahekommt. Ich kann mir nicht vorstellen, dass sie das hier billigen würde. Ich sehne mich nach ihr. Der Duft ihres feuchten Haares, das Glitzern der Regentropfen auf ihrer Haut.

Eine der Web-Adressen in Jakobs Verlauf holt mich zurück ins Jetzt. Ein Selbstmord-Forum. Ein Treffpunkt für Menschen, die nicht mehr leben wollen. Links, die zu Untermenüs führen. Hinweise auf verschiedene Arten der Selbsttötung, Theorien zum Suizid, Auslösefaktoren und

Motive. Dazu eine Liste berühmter Selbstmörder. Philosophen und Politiker, Dichter und Maler, Schauspieler und Sänger. Seneca, Kleopatra, Heinrich von Kleist, Vincent van Gogh, Marilyn Monroe, Kurt Cobain.

Ich fange an zu lesen. Und je mehr ich lese, desto weiter entferne ich mich von meinem Bruder. Alles wird immer komplizierter. Die Dinge verschieben sich. Die Zahl der Fragen verringert sich, die der Antworten steigt ins Unermessliche. Ein Baum mit einem Stamm und tausend Ästen.

Ich klicke auf den geschützten Bereich des Forums. Die Aufforderung, sich anzumelden.

Warst du da drin?, frage ich.

Er antwortet nicht.

Also ja, denke ich.

Tu's nicht, sagt Jakob.

Warum?

Lass es einfach. Dir zuliebe.

Etwas in mir verlangt, auf ihn zu hören, aber meine Neugier ist stärker.

Als User-Name gebe ich *Jakob* ein, als Passwort *Bruderherz.* Ich habe Glück. Ein Druck auf die Enter-Taste und ich bin drin.

Was auf der Hauptseite theoretisch war, wird hier greifbar. Der Wunsch, endlich alles hinter sich zu lassen, die Vergegenwärtigung der eigenen Ausweglosigkeit, der lange Weg in eine Entscheidung. Auslöser, hinter denen Entwicklungen stehen, Lebensgeschichten voller Brüche und Widersprüche. Die Gedanken an jene, die man zurücklassen wird, die Sorgen um die zukünftigen Überlebenden. Und immer wieder die Worte *Freiheit* und *Erlösung.*

Jakob hat einen einzigen *Thread* gestartet. Die Frage, die er darin stellt: wie man sich umbringt, ohne dass es wie ein Selbstmord aussieht.

Ich denke: *Du wolltest uns schonen, Jakob.*

Er bleibt stumm.

Die Beiträge zu seinem *Thread* laufen alle auf dasselbe hinaus: den Suizid als Unfall zu inszenieren. Unter Alkoholeinfluss mit dem Auto von der Straße abzukommen. Auf einem Schiff betrunken über Bord zu gehen. Mit einer brennenden Zigarette im Bett einzuschlafen. Über einen unbeschrankten Bahnübergang zu fahren, ohne den heranrasenden Zug zu bemerken. Und schließlich: beim Bergwandern abzustürzen, verfasst von einem User namens *BigEasy.* Das letzte *Posting* stammt von Jakob, der sich bei ihm für die coole Idee bedankt und ihn einlädt, im Bereich der privaten Nachrichten weiter zu chatten.

Und?, frage ich. *Hat er sich bei dir gemeldet?*

Jakob antwortet nicht. Ich klicke seinen Nachrichtenordner an, den er *BE* genannt hat. *B* wie Big, *E* wie Easy.

BE: Da bin ich.

Jakob: BigEasy. Der große Leichtsinn. Ich mag deinen Humor.

BE: Spricht für dich. Wo lebst du?

Jakob: München.

BE: Ich auch. Wie alt bist du?

Jakob: Achtzehn. Und du?

BE: Sechzehn.

Jakob: Wie mein Bruder.

BE: Weiß er, was du vorhast?

Jakob: Ich glaube nicht, dass er es verstehen würde. Außerdem mag ich ihn viel zu sehr.

BE: Deshalb die Sache mit dem Unfall?

Jakob: Ich will niemanden mit reinziehen.

BE: Geht mir genauso.

Jakob: Hast du Geschwister?

BE: Nur eine Mutter.

Jakob: Was ist mit deinem Vater?

BE: Er hat sie verlassen. Wegen einer anderen. Er will, dass ich zu ihm ziehe.

Jakob: Und was willst du?

BE: Nicht mehr dazwischenstehen.

Jakob: Lieber am Tau ziehen als gezogen werden.

BE: Du bringst es auf den Punkt. Was ist deine Baustelle?

Jakob: Dass ich keine habe.

BE: Ein Witz?

Jakob: Kein Witz. Alles schon fertig gebaut. Wie soll einem der Ernst des Lebens da noch Spaß machen?

BE: Kennst du die *Kleine Parabel* von Kafka?

Jakob: Die Maus, die vor der Katze in ein Haus flüchtet. Aber die Wände kommen auf sie zu. Bis es keinen Ausgang mehr gibt.

BE: »Du musst nur die Laufrichtung ändern«, sagt die Katze und frisst die Maus.

Jakob: Deine Idee hat mir gefallen.

BE: Das mit dem Berg?

Jakob: Oben sterben, unten liegen.

BE: Wo willst du losfliegen?

Jakob: Zugspitze.

BE: Der höchste Berg Deutschlands.

Jakob: Mit dem besten Panorama. Jeder Witz braucht eine Pointe. Alles eine Frage des Humors.

BE: Wir sollten uns treffen.

Jakob: Wo und wann?

BE: Oben auf dem Gipfel.

Jakob: Gib mir deine Nummer, ich ruf dich an.

Der letzte Eintrag stammt von *BigEasy.* Er enthält nichts weiter als eine Telefonnummer. Als ich sie lese, explodiert mein Kopf.

SIEBENUNDZWANZIG

ICH SCHAUE HINAUS IN DIE NACHT, DIE STIRN AN DAS KÜHLE Fensterglas gelehnt. Mit der flachen Hand schlage ich gegen die Scheibe, ich spüre die Erschütterung in meinem Schädel. Als würde ich mir Nägel in den Kopf treiben. Wenn ich noch fester schlage, werden meine Eltern wach.

Mehrfach habe ich die Nummer im Chat mit der eingespeicherten Nummer in meinem Handy verglichen. Noch immer will ich nicht glauben, was sich nicht leugnen lässt. Aber Zahlen sind unbestechlich, die Reihenfolge der schwarzen Ziffern auf dem Monitor eines Laptops und dem Display eines Handys bleibt immer die gleiche, egal, wie lange ich daraufstarre. Alles ist kaputt! Ich löse mich vom Fenster, stecke mein Handy in die Tasche, ziehe meine Schuhe an und verlasse mein Zimmer.

Ich sitze auf meinem Fahrrad und fahre durch die schlafende Stadt. Nur noch vereinzelte Autos, Samstag früh, es ist kurz nach drei. Meine Füße treten mechanisch in die Pedale, mein Körper fühlt sich an wie eine leere Hülle, durch die der Nachtwind streicht. Das Einzige, was ich spüre, ist das Brennen meiner Lungen.

Vom Prinzregentenplatz in die Mühlbauerstraße, dann in die Zaubzerstraße, links in die Brahmsstraße, derselbe Weg wie schon einmal, bis ich vor ihrem Haus ankomme. Erst jetzt merke ich, wie sehr ich außer Atem bin. Ich schaue an der Fassade empor, die Fenster sind dunkel, schwarze Löcher in einer grauen Wand.

Ich drücke auf den eingespeicherten Kontakt in meinem Handy. Die Schläge meines Herzens, das Freizeichen an meinem Ohr. Bis sich ihre verschlafene Stimme endlich meldet.

»Hallo?«

Ich kann sie kaum hören, so sehr rauscht das Blut in meinem Kopf.

»Ich bin's«, sage ich.

»Lenny?«

»Ja.«

»Du hörst dich so atemlos an. Bist du zu Hause?«

»Nein.«

»Wo dann?«

»Komm einfach ans Fenster.«

Ich schaue an der Fassade empor. Ihr Kopf taucht an

einem der schwarzen Löcher auf, ihr Handy am Ohr, ihr Haar zerwühlt vom Schlaf. Sie trägt ein weißes T-Shirt.

»Was ist passiert?«

»Wir müssen reden.«

»Worüber?«

»Über den großen Leichtsinn.«

»Bitte?«

»BigEasy«, sage ich.

Sie starrt mich an, sekundenlang, dann nickt sie.

»Ich komme runter«, sagt sie und legt auf.

Wir stehen an derselben Stelle wie schon einmal. Vor uns die Isar, das Glänzen des Mondes im Wasser, links von uns die Luitpoldbrücke, der Schein der Straßenlaternen über den dunklen Mauerbögen.

»Warum hast du es mir nicht gesagt?«, frage ich mühsam.

»Er wollte dich nicht da reinziehen«, sagt sie. »Hast du doch gelesen.«

»Erzähl mir alles«, sage ich leise.

Und Rosa erzählt. Von der Trennung ihrer Eltern. Von den Verletzungen auf beiden Seiten. Von ihrem Wunsch zu ihrem Vater zu ziehen, vom Gefühl der Verpflichtung ihrer Mutter gegenüber. Ein Kreislauf aus Vorwürfen und Schuldgefühlen. Rosa im Niemandsland zwischen zwei Frontgräben, von beiden Seiten beschossen, verwundet und aus tausend Wunden blutend. Der verführerische Gedanke, tot zu sein. Das alles nicht mehr aushalten zu müssen. Endlich ausruhen zu können, und sei es auch für immer. Die Idee eines selbstbestimmten Todes. Wie sie sich aufgerichtet hatte an dem Geheimnis, das sie fortan mit sich trug. Wie sie angefangen hatte, sich im Internet umzusehen. Wie sie auf das Forum gestoßen war und damit auf Jakob. Wie die Frage in seinem Thread sie aufgewühlt hatte, weil es dieselbe Frage war, die auch sie umtrieb: sich umzubringen, ohne dass es wie ein Selbstmord aussehen würde.

»Habt ihr euch vorher getroffen?«

»Nein«, sagt sie. »Erst oben auf dem Gipfel.«

»Wie habt ihr euch erkannt?«

»Seine rote Jacke«, sagt sie. »Das war das Zeichen.«

»War er dir sympathisch?«

»Ja«, sagt sie. »Vom ersten Moment an.«

»Und weiter?«, frage ich und schaue auf die gleichmäßig dahinfließenden Wellen zu meinen Füßen, während mein Herz sich zusammenzieht wie eine vertrocknende Frucht. »Was passierte dann?«

»Du meinst, bevor er …?«

»Ja.«

Sie erzählt, wie sie warten mussten, stundenlang, weil an dem Tag wegen des schönen Wetters so viele Touristen auf der Zugspitze waren. Wie sie auf der Terrasse des Münchner Hauses gesessen und darauf gehofft hatten, dass das Wetter umschlagen und die Besucher vertreiben würde.

Wie sie geredet hatten in dieser Zeit, über sich und ihr Leben und ihren bevorstehenden Tod. Dass seine Entschiedenheit sie hatte wankelmütig werden lassen. Dass ausgerechnet die Unumstößlichkeit seines Entschlusses ihre eigene Entscheidung von Minute zu Minute mehr infrage gestellt hatte. Bis der Nebel schließlich aufgezogen war und sie ihm gesagt hatte, dass sie einen Rückzieher machen würde.

»Wie hat er darauf reagiert?«

»Er hat mich umarmt und gesagt, dass er sich für mich freut. Damit hat er mich gerettet.«

»Du ihn nicht«, entgegne ich.

»Nichts konnte ihn retten«, sagt Rosa leise. »Dafür war er sich zu sicher. Und frag mich nicht, warum, ich weiß es nicht.«

Wir schweigen. Ich schaue in den Himmel. Ich frage mich, was jenseits der Sterne liegt. Wie soll man sich die Unendlichkeit vorstellen, wenn man noch nicht mal die Endlichkeit begreifen kann? Das Leben, den Tod, die Liebe.

»Und das zwischen uns?«, frage ich. »Was ist das für dich? Was bedeutet dir das?«

Sie antwortet nicht, steht einfach nur da. Sie ist schöner als je zuvor. Ich bin weiter von ihr entfernt als je zuvor. Wo sie ist, weiß ich nicht. Scheue, zerbrechliche, unerreichbare Rosa. Wortlos steige ich auf mein Fahrrad und fahre davon.

ACHTUNDZWANZIG

DEN REST DER NACHT WÄLZE ICH MICH HIN UND HER. Unruhiger Schlaf. Bilder zwischen Träumen und Wachen. Rosa, die nicht mehr mit mir spricht. Jakob, der mir nicht mehr antwortet. Meine Mutter, die für immer verstummt.

Als ich schließlich aufwache, fühle ich mich wie gerädert. Es ist heller Tag, aus dem Garten dringt das Surren des elektrischen Rasenmähers meines Vaters.

Ich gehe ins Bad, putze mir die Zähne. Das Klingeln meines Handys. Eilig spucke ich den Zahnpastaschaum ins Waschbecken, haste zurück in mein Zimmer. Das Handy klingelt aus meiner Jeans, die in einem Haufen Kleider neben dem Bett liegt. Als ich es endlich aus der Tasche gezogen habe, ist es verstummt. Ich schaue auf das Display, das einen Anruf auf meiner Mailbox anzeigt. Nervös gebe ich die Nummer ein, höre die Nachricht ab. Es ist Rosa.

Ihre Stimme klingt traurig. Was sie sagt, ist wegen des Lärms im Hintergrund nur schwer zu verstehen.

»Hi, Lenny, ich bin's. Ich wollte dir nur … wegen deiner Frage heute Nacht … das mit uns … es bedeutet mir sehr viel.«

In meinem Kopf dreht sich alles. Ich bin erleichtert, ich fühle, wie mich Freude und Hoffnung durchdringen, aber da war auch diese Traurigkeit in ihrer Stimme, warum diese Traurigkeit?

Ich versuche sie zurückzurufen, aber sie geht nicht dran. Aus meiner Erleichterung wird Sorge. Warum diese Traurigkeit? Und was waren das für Geräusche im Hintergrund? Ich höre die Nachricht erneut ab. Da liegt ein schrilles Quietschen unter ihren Worten, wie von Bremsen. Und eine Lautsprecherdurchsage. Beim dritten Hören weiß ich, von wo aus sie mich angerufen hat. Ein Bahnhof. Ein schrecklicher Gedanke durchzuckt mich. Ich schaue auf meine Uhr. Ich öffne Jakobs Laptop. Ich rufe den Browser auf, ich gebe die Adresse der Fahrplanauskunft ein. Ich suche nach Zügen Richtung Garmisch. Ich gleiche den letzten Zug mit meiner Uhr ab. Ich weiß, wo sie hinwill. Erneut versuche ich sie anzurufen, aber sie geht wieder nicht dran.

Ich springe in meine Klamotten, rase die Treppe herunter und verlasse das Haus. Ich laufe zur U-Bahn, fahre zum Hauptbahnhof. Der nächste Zug nach Garmisch geht in zwanzig Minuten.

Ich habe nur noch einen einzigen Gedanken im Kopf: nicht zu spät zu kommen, bloß nicht zu spät zu kommen. Im Zug wähle ich zum dritten Mal ihre Nummer. Wieder nur das Freizeichen, das in meinen Ohren dröhnt. Ich schaue aus dem Fenster, ich zähle die Strommasten, ich versuche verzweifelt, mich zu beruhigen, aber je länger die Fahrt dauert, desto aufgeregter werde ich.

Dann endlich Garmisch. Der Weg zur Zugspitzbahn. Ich habe Glück, erwische sie gerade noch. Noch nie war mir die Schönheit einer Landschaft so egal, noch nie verging die Zeit so langsam.

Ich bin durchgeschwitzt, als ich oben auf dem Zugspitzplatt aussteige und rüber zur Gletscherbahn laufe. Wieder dauert alles ewig, geht nicht schnell genug. Ein viertes, ein fünftes Mal wähle ich erfolglos Rosas Nummer, ehe die Seilbahn endlich oben auf dem Gipfel ankommt. Ich springe hinaus, die Kälte packt mich. Keine Sonne mehr, nur graue Wolken und ein eisiger Wind, der mir wie ein Vorbote vorkommt für das, was mich erwartet. Genau so war das Wetter am Tag, als Jakob …

Hör auf Lenny, sage ich mir, hör einfach auf! Ich zwinge mich, ruhig zu bleiben, ich zähle den Schlag meines Herzens, um meine Atemzüge zu kontrollieren.

Die Terrasse des Münchner Hauses. Ich schaue mich um. Keine Spur von Rosa, nur Touristen, diese ewigen Touristen mit ihren Bergschuhen und Fleecejacken. Überall Aufbruchstimmung, die Flucht vor dem schlechten

Wetter und der Ärger, nicht an einem anderen Tag heraufgekommen zu sein.

Ich renne weiter. Rüber zum Gipfelkreuz. Vorbei an zur Seilbahn eilenden Besuchern, weinenden Kindern, die über den Wind jammern. Regen setzt ein, vom Wind gepeitschte Tropfen, Nebel zieht auf.

Ich schaue die Gipfelwand hinab. Ich suche nach dem, was ich nicht finden will. Dem Stoff einer Jacke. Den kastanienbraunen Locken eines Mädchens aus München, das schon einmal hier oben war, zusammen mit meinem Bruder.

Ich erreiche das Gipfelkreuz. Kein Mensch ist mehr da außer mir. Ich schaue mich verzweifelt um, dann sehe ich sie. Sie sitzt dort, wo Jakob gesprungen ist.

»Rosa«, rufe ich.

Ich schäle mich unter den Handläufen hindurch, genau wie mein Bruder am Tag seines Sprunges. Ich gehe langsam auf sie zu. Ich rede auf sie ein, ich höre mich reden, aber ich weiß nicht, was ich sage. Bis ich begreife, dass der Wind meine Worte verschluckt.

Plötzlich steht sie auf, ich halte inne.

»Rosa!«, rufe ich aus Leibeskräften.

Langsam dreht sie sich zu mir um. Ihre Augen sind verweint. Wir schauen uns an.

»Ich will das nicht noch mal erleben«, sage ich. »Ich will dich nicht verlieren, jetzt, wo ich dich gefunden habe.«

NEUNUNDZWANZIG

EINGEHÜLLT VOM NEBEL, SITZEN WIR AUF DEM FELSEN unterhalb des Gipfelkreuzes und schweigen. Ich habe den Arm um ihre Schulter gelegt. Der Regen hat aufgehört, der Wind lässt langsam nach. Um uns herum nur Stille.

Dann reißt der Himmel auf. Ein winziges Stück Blau zwischen Wolkenfetzen und Nebelschwaden, das größer wird und immer größer, bis die Welt zu uns zurückkehrt, gewaltig und atemberaubend schön.

Plötzlich begreife ich alles, auch wenn ich es nicht verstehe. Warum Jakob lachte, als er sprang. Der letzte Schritt war leicht. Das Entscheidende geschah vorher. Ein langer Weg, den er nicht anders gehen konnte. Warum er ihn ging, weiß ich nicht. Er ist mir keine Rechenschaft schuldig. Nur sich selbst.

Wir bestehen aus unendlich vielen einzelnen Teilen, die

ein großes Ganzes bilden. Aber dieses große Ganze, das man Mensch nennt, ist nicht die Summe seiner Einzelteile. In jedem von uns steckt die ganze Welt. Die Welt ist ein Rätsel, wir sind ein Rätsel. Für uns selbst, für die anderen. Es kommt nicht darauf an, Antworten zu finden, es kommt darauf an, Fragen zu stellen.

Mein Bruder war ein Held. Er war bereit, in den eigenen Abgrund zu schauen. Er lachte, als es Zeit war zu lachen, und weinte, als es Zeit war zu weinen. Und ging, als es Zeit war zu gehen.

»Du hattest recht, Rosa«, sage ich leise. »Man kann niemanden retten, der nicht gerettet werden will. Man kann nur versuchen, damit klarzukommen.«

Sie hebt ihren Kopf. Sie schaut auf die Berge ringsum, auf die Ebene dahinter.

»Glaubst du, ich wollte gerettet werden?«, fragt sie zaghaft.

»Ich glaube, du hast dich selbst gerettet.«

»Und wenn du nicht gekommen wärst?«

»Bin ich aber.«

»Ja«, sagt sie, »bist du.«

Ich betrachte sie. Den Haaransatz über ihrer Stirn. Den Schwung ihrer Brauen. Das Blau ihrer Augen.

»Weißt du, was Jakob zu mir über das Leben gesagt hat?«

»Was?«

»Mach was draus!«

»Das hat er gesagt?«

»Ja.«

Wir schauen uns an, ein Junge und ein Mädchen.

»Hättest du Lust?«, frage ich.

»Wozu?«

»Was draus zu machen?«

Sie nimmt meine Hand, führt sie an ihr Gesicht, legt ihre Wange hinein. Das Pochen ihrer Schläfe unter meinen Fingerspitzen. Sie schließt ihre Augen.

»Ich glaub schon«, sagt sie.

DREISSIG

DER WEG FÜHRT DURCH AUSGEDÖRRTES LAND. OCKER-farbene Erde, steingraue Sträucher. Agaven, Kakteen, Tamarisken. Die Pflanzen der Wüste. Die Kunst des Überlebens. Die Hitze lässt den Horizont flimmern. Unsere Füße wirbeln Staub auf, den wir wie einen Schleier hinter uns herziehen.

Vor uns die gezackten Spitzen eines Bergmassivs. Das Spiel der Farben in den zusammengepressten Gesteinsschichten, braun, rot und gelb. Darüber das satte Blau des Himmels.

»Das Leben ist schön«, sage ich leise.

»Zum Sterben schön«, sagt Jakob.

Seine Haare flattern im Wind. Ein Spiel aus Sonne und Schatten in seinem Gesicht.

»Wann sind wir da?«, frage ich.

»Deine Entscheidung«, sagt er. »Heute, morgen, jetzt. Wann immer du willst.«

»Sag mir, dass alles gut wird.«

»Alles wird gut.«

Die Landschaft verändert sich. Der Weg wird schmaler. Enge Serpentinen, die sich einen Berghang hinaufwinden. Wir folgen ihnen, unsere Schritte sind ruhig und gleichmäßig. Über uns zieht ein Adler seine Kreise, die mächtigen Schwingen ausgebreitet. Die Federn an den Flügelenden ragen wie die Finger einer Hand in die Luft.

Ich schaue meinen Bruder an. Er lächelt.

»Und?«, fragt er, »immer noch auf der Suche nach Antworten?«

»Nein«, sage ich, »eigentlich nicht. Hat sich irgendwie erledigt.«

»Das ist gut«, sagt er. »Sehr gut sogar.«

Er lächelt, wie nur er es kann. Spöttisch und liebevoll zugleich.

»Bin ich dir sehr auf den Wecker gegangen, Jakob?«

»Womit?«

»Mit meiner Fragerei.«

»Willst du das wirklich wissen?«

»Sonst würde ich nicht fragen.«

»Wie verrückt«, sagt er, und sein Lächeln wird zu einem Lachen. Er steckt mich an mit diesem Lachen. Wir lachen zusammen, ich kann nicht anders, immer lauter lachen wir, während wir weiter den Berg hinaufgehen. Bis wir den höchsten Punkt des Weges erreichen und Jakob innehält.

»Da ist es«, sagt er und deutet hinunter auf das Meer, das sich in seiner Unendlichkeit vor uns ausbreitet, bis zum Horizont und darüber hinaus. Ein blaues Stück Ewigkeit, tief und unergründlich.

»Bereit?«, fragt er.

»Ja«, sage ich und schaue ihn an. Seine Konturen beginnen vor dem Blau des Himmels zu verschwimmen. Seine Lippen, seine Nase, sein Mund. Sein Körper wie hinter milchigem Glas.

Wir gehen den Berg hinunter, aufs Meer zu. Je näher wir dem Meer kommen, desto mehr löst Jakob sich auf. Seine Haare, sein Gesicht, sein Kopf. Seine Schultern, seine Brust, seine Arme. Seine Finger verschwinden, einer nach dem anderen, seine Beine, schließlich seine Füße mit den ausgetretenen schwarzen *Vans*.

Dann erreichen wir den Strand. Die Wellen brechen sich am Ufer. Gischt, die heranrollt und sich wieder zurückzieht. Das Kreischen der Möwen, der Geruch des Sandes, die Luft schmeckt nach Salz.

Wir schweigen, mein unsichtbarer Bruder und ich, wir lauschen dem Gesang der Brandung. Zum letzten Mal spüre ich seine Umarmung, zum ersten Mal habe ich keine Angst.

»Jetzt«, sage ich leise und atme tief durch.

Seine unsichtbaren Schritte, die sich im weichen Sand

abzeichnen, Fußabdrücke, die sich auf das Ufer zubewegen. Bis sie das Wasser erreichen und darin verschwinden. Sein unsichtbarer Körper, der die Fluten teilt, Luftblasen, die sich in den Wellen auflösen, bis nichts mehr zu sehen ist, nur eine hin und her wogende Fläche aus Wasser, das Meer, das ewige Meer.

DANKSAGUNG

Ich danke Anja und Antonia für ihre liebevolle Begleitung beim Schreiben und ihre klugen Anmerkungen zum Manuskript. Meinem Lektor Christian Walther danke ich für die ausgezeichnete Zusammenarbeit und unsere amüsanten Gespräche über Turnschuhe.

© Frank Meter, Köln

Christoph Wortberg

Christoph Wortberg, geboren 1963 in Köln, studierte Germanistik, Philosophie und Geschichte. Er lebt in Köln, arbeitet als Drehbuchautor und schreibt Romane für Jugendliche. Sein Krimi *Die Farbe der Angst* wurde mit dem Hansjörg-Martin-Preis ausgezeichnet. Ebenfalls von ihm erschienen die Romane *Easy* und *Dieser eine Moment*.
www.christophwortberg.de